Emil Gött, Miguel de Cervantes Saavedra

Verbotene Früchte

Lustspiel in drei Aufzügen

Emil Gött, Miguel de Cervantes Saavedra

Verbotene Früchte
Lustspiel in drei Aufzügen

ISBN/EAN: 9783743353312

Hergestellt in Europa, USA, Kanada, Australien, Japan

Cover: Foto ©Andreas Hilbeck / pixelio.de

Manufactured and distributed by brebook publishing software
(www.brebook.com)

Emil Gött, Miguel de Cervantes Saavedra

Verbotene Früchte

Verbotene Früchte.

Lustspiel in drei Aufzügen

nach einem Zwischenspiel des Cervantes

von

Emil Gött.

Mit einer Einleitung von Dr. G. Manz.

Stuttgart 1894.

Verlag der J. G. Cotta'schen Buchhandlung
Nachfolger.

Einleitung.

Die Zwischenspiele des Cervantes wurden teilweise zuerst vom Grafen v. Schack, in ihrer Gesamtheit von Hermann Kurz ins Deutsche übertragen. Diese verdienstvolle Verdolmetschung aller neun „Entremeses" erschien als eine Abteilung des „Spanischen Theaters" von Moritz Rapp, ist aber neuerdings, was leider nicht genug bekannt zu sein scheint, für ganze zwanzig Pfennige käuflich. (Meyers Volksbücher, Nr. 576, 77, Leipzig, Bibliographisches Institut.)

So wenig ja diese urkräftigen Scherzstücke ein hervorragendes dramatisches Talent an dem Erzähler des Don Quixote entdecken lassen, so glänzend beweisen sie doch die scharfe Lebensbeobachtung, die vielgestaltige Erfindungsgabe des großen spanischen Dichters. Nicht zum mindesten behalten sie daher dauernden Wert als köstliche Zeitbilder aus der Kultur- und Sittengeschichte des 16. Jahrhunderts.

Die besondere Beachtung des Forschers beanspruchen aber unter den neun Spielen diejenigen, die nicht auf völlig freier Erfindung des Cervantes beruhen, sondern zu außerspanischen epischen Schwankdichtungen des Mittelalters in naher Verwandtschaft stehen. Zu ihnen werden gerechnet „Das Wundertheater" und „Die Höhle von Salamanca". Es ist gewiß kein Zufall, daß diese beiden Spiele allgemein für die besten gelten und infolge der ihnen eigenen Lebensfähigkeit auf die zahlreichste litterarische Nachkommenschaft mit stets erkennbarer Familienähnlichkeit blicken dürfen. So ist, um ein Beispiel zu erwähnen, Ludwig Fuldas Talisman die jüngste Umformung eines Schwankstoffes, den des Cervantes derbe Freskomanier im „Wundertheater" behandelt, und der bereits im Eulenspiegelbuch, sowie in einer Reihe gleichzeitiger und späterer deutscher und französischer Bearbeitungen sich vorfindet.

Die „Höhle von Salamanca" aber, auf die das vorliegende Lustspiel Emil Götts seine Herkunft zurückführt, hat schon in Hans Sachs 1551 verfaßtem Fastnachtsspiel „Der farendt Schuler mit dem Teuffelbannen" einen Vorgänger. 1615 erschien, im Jahr vor dem Tode des Dichters, der spanische Schwank in der jetzt sehr selten gewordenen Dramensammlung des Cervantes. Ein Jahrhundert darauf verwandte François André Philidor, der einstmals gepriesene französische Komponist, den Stoff zu einer jetzt verschollenen Oper „Le soldat magicien". Sein Nachfolger wurde in den dreißiger Jahren unsres Jahrhunderts der bekannte Schauspieler und spätere kaiserliche Vorleser Louis Schneider. In seiner Singspielsammlung „Jokosus" findet sich ein ziemlich albernes Quodlibet „Der reisende Student oder das Donnerwetter". Auch ein berühmtes Märchen von Andersen enthält in der Episode vom Bauer und dem Küster eine Verwertung des fruchtbaren Stoffes. Endlich hat Emil Gött mit seinem dreiaktigen Lustspiel in Versen eine neue Gestaltung versucht, die ihre Feuerprobe im königlichen Schauspielhaus zu Berlin glänzend bestand.

Bei Sachs und Cervantes, den beiden in Betracht zu ziehenden Vorläufern der jüngsten Komödie, ist die Fassung des Spieles knapp, die Folge der Begebenheiten rasch, die vom Zuschauer beanspruchte Teilnahme rein gegenständlich. Die Grundthatsache ist beide Male die Bewahrung einer lebenslustigen Frau, die dem abwesenden eifersüchtigen Gatten ein Schnippchen schlagen möchte, vor den Folgen ihres Leichtsinns. Ein fahrender Schüler, den der Zufall ins Haus führt, übernimmt die Ehrenrettung des Weibchens in grotesker Form, indem er ihren Galan vor dem unerwartet zurückgekehrten Ehemann als Teufel beschwört. Bei Cervantes nimmt der aus der Klemme befreite Liebhaber ganz skrupellos an dem Abendessen teil, das der Vagant gleichfalls auf übernatürlich=natürliche Weise herbeizaubert. Bei Sachs ist der Scholar noch etwas verschmitzter: er erpreßt von der Frau Geld und jagt den Kurmacher, einen Pfaffen, so ins Bockshorn, daß dieser sich völlig auszieht und mit Ruß beschmiert, um dann als schwarzer Teufel vor dem leichtgläubigen Gatten zu erscheinen.

Es kann nicht Aufgabe dieser Zeilen sein, text=kritische Untersuchungen anzustellen. Genug, daß Gött sich unbefangen an Cervantes anschließt und in geschickter Weise die treffliche Komik der Situationen, die dralle Plastik der handelnden Personen zu nutze macht. Mit wohlbedachter Absicht hat aber der deutsche Dichter das

Stück aus den Kreisen der unteren Volksklassen in jene des französischen Landadels versetzt und so das keck=natürliche mit einem anmutig=romantischen Element ver=mischt. Um ferner aus der drolligen Schnurre des Spaniers ein Lustspiel zu schaffen, das die dramatische wie moralische Unbekümmertheit des Cervantes durch eine straffere Zügelführung ersetzt und somit heutigem Geschmack zusagt, mußte der moderne Bearbeiter ein ziemliches Eigenkönnen entwickeln. Der aufmerksame Vergleich von Vorbild und Nachschöpfung wird ein solches besonders in der zweckmäßigen Vermehrung der handelnden Personen, in der sorgsameren Motivierung der Vorgänge, sowie in der tieferen sittlichen Fundamentierung des heiteren Spieles erblicken.

Die hier gebotene Buchausgabe ist die vom Dichter neuerdings durchgesehene ursprüngliche Fassung des Stücks (das sogenannte Freiburger Bühnenbuch vom Sommer 1890). Sie weist gegenüber der von Herrn Oberregisseur Grube eingerichteten Berliner Bühnenausgabe verschie=dene Aenderungen auf. Diese, die zum Teil noch nach der Berliner Erstaufführung eingefügt sind, haben beson=ders die ersten Scenen betroffen und sollen das leicht=sinnige Benehmen der Frau Alison wirksamer als begreif=liches Aufbäumen gegen die Quälereien des eifersüchtigen Gatten darstellen. Gleichwohl ist die vorliegende Form des Lustspiels durch Beachtung der Einklammerungen und des Anhangs auch leicht mit dem bei A. Entsch erschie=nenen Berliner Bühnenbuch in Einklang zu bringen. Es steht somit im Belieben der Bühnenleiter, sich für die eine oder andre Gestalt zu entscheiden. — —

Bei Erwähnung des wackeren Regisseurs, der im Verein mit einer Schar trefflicher Künstler die Paten=schaft des fahrenden Schülers übernommen und dem lange Umherirrenden zum erstenmal ein Bühnenheim eröffnet hat, muß ich der seltsamen Schicksale denken, die das heitere Musenkind auf seinem kurzen Lebenswege hat er=leiden müssen.

Sie sind zu lehrreich, um verschwiegen zu werden, und da außer dem Autor selbst niemand besser darüber zu berichten weiß als der Schreiber dieser Zeilen, der das Werk hat werden, wachsen, vollenden, — verschwinden und wieder auftauchen sehen, so möge man ihm zum Schluß dies Einführen seiner eigenen Person freundlichst verzeihen.

* * *

Im Frühjahr 1890 wurde in Götts Vaterstadt Frei=burg i. B. ein sehr harmloser Erstling, ein dreiaktiges Lustspiel „Freund Heißsporn“ mit so freundlichem Erfolg aufgeführt, daß dem jungen Bühnendichter zu weiterem Thun alle Wege geebnet zu sein schienen. Dies mußte um so erfreulicher für ihn sein, als er in den Winter=monaten 1889/90 das vorliegende Lustspiel, damals noch unter dem Titel „Der Adept“, vollendet hatte. Studen=tische Freunde, die für eine akademisch=dramatische Ver=einigung ein Fastnachtsspiel wünschten, waren die aller=dings nur mit freudiger Begeisterung zahlenden Besteller gewesen. Aber indes jener spielfrohe Freundesbund im Laufe des Winters wieder auseinanderstob, hatte sich der ursprünglich geplante Einakter zu einem stattlichen Drei=

after ausgewachsen, der den Schritt auf die öffentlichen Bühnen wohl wagen durfte. Vor einem geladenen Kreise zünftiger und nichtzünftiger Kunstfreunde recitierte ich das noch tintennasse Werkchen; es gefiel — und tags darauf fuhr ein hoffnungsfroher Poet, sein Manuskript in der Tasche, nach dem Theatermekka Berlin. Das war im Februar 1890! Man hielt damals nicht viel von Versen, war furchtbar realistisch gesinnt, und so waren denn auch die Mienen des geschäftskundigen Herrn Entsch nicht allzu freudig bewegt, als das weltunkundige Dichterlein statt Possen und Tendenzstücke — ein Bündel Verse brachte. „Das Ding ist nett, sehr nett, aber ich will Ihnen sagen, was es ist: es ist Kaviar fürs Volk, vollständig Kaviar fürs Volk!" So hieß es auf dem Theaterbureau des Agenten, so erklärten achselzuckend die Vertreter der Herren Blumenthal, Barnay und L'Arronge: denn auch bei den Bühnengewaltigen selbst hatte der immer noch hoffende und von verständnisvollen Künstlern, wie Dr. Max Pohl, freundlich ermutigte Dichter anzuklopfen sich erlaubt. Aber es kam, sofern überhaupt geantwortet wurde, Ablehnung um Ablehnung. Auch weitere Versuche, die ich persönlich bei süddeutschen Bühnen wagte, endigten stets mit dem Bescheid, daß mit Versen „kein Geschäft" zu machen sei.

Endlich kommt über die Theaterkommission der Vaterstadt Götts eine lokalpatriotische Anwandlung. Sie war zumeist der warmen Fürsprache des damaligen Direktors Oskar Benda zu danken. Das Stück wird angenommen! Die Rollen werden ausgeschrieben und verteilt, — alles scheint sich zum Guten zu wenden. Da schreibt aber inzwischen der harmlose Versemacher eine geharnischte Absage gegen den Tuberkulintaumel Koch'schen Angedenkens! Mit wie viel Recht, — das haben später die Thatsachen bewiesen. Damals aber wurde das übel vermerkt, und was geschah? Das Lustspiel des „enfant terrible" wurde abgesetzt „aus Furcht vor einem Theater= skandal seitens der Universität", wie der ahnungslose Ver= fasser zwei Jahre später von Berlin her erfuhr. Daß das Stück jetzt wieder, nach dem starken Berliner Erfolg, auf dem Spielplan des Freiburger Stadttheaters er= scheint, mag als erfreuliche Sühnung jener Vorkommnisse gelten. . . .

Inzwischen aber hatte der Dichter sein Kind mit ver= schiedenem andern selbst über Bord geworfen. Er zog in die Welt und ward für lange Jahre zum fahrenden Mann, der nur in seltenen Ruhestunden und — geräusch= los zur Feder griff.

In Berlin hatte man Autor und Stück so ziemlich vergessen. Man dachte wohl kaum mehr des Verschollenen, bis im Wechsel der Zeiten das Versemachen wieder profi= tabel wurde. Das war im Winter 1892/93, als Tag um Tag die Litfaßsäulen zu „Talisman" und „Vasan= tasena" luden. Damals schlich sich auch, mit andern Schutzbefohlenen des Entschverlags, der fahrende Schüler an Herrn Grubes Arbeitszimmer und wurde — ange= nommen!

Endlich! . . . Das Stück war gerettet, aber des Autors, der sich in seinen heimischen Bergen vergraben hatte, wurde man schwer habhaft. Ein neckischer Zufall machte mich schließlich zum Mittelsmann, und so konnte

ich als Vertreter des Dichters freudigen Herzens an den
Vorbereitungen zur „Première" teilnehmen.

Der überraschende Erfolg dieser Berliner Erstauf=
führung unter Grubes Regie, mit dem vortrefflichen
Robert der Frau Conrad, muß dem Dichter eine weh=
mutvolle Freude bereitet haben. Denn schwer mögen die
bangen Jahre wiegen, die sich zwischen jene Entgleisung
und die nunmehrige Ausgrabung aus dem Schutte ge=
täuschter Erwartungen gelegt haben. So kann man die
elegischen Worte, die er einer befreundeten Frau in das
lustige Werk geschrieben, wohl verstehen:

> „Hier kommt sie, spät genug, die Weihnachtsgabe,
> Ein Bettel nur, doch alles, was ich habe;
> Kein Werk und keine That, ein klein Gedicht,
> O bitte, bitte, kritisier es nicht!
> Nimm's, wie's dich trifft, als einen fernen Klang!
> Wo sind die Saiten, denen er entsprang?
> O Gott, wie ward verwandelt jenes Erz,
> Wie anders dieses Instrument bezogen,
> Wie manche schwere, tiefe Welle Schmerz
> Sah diese Seele ihren Thalweg wogen!
> Drum klingt so fremd in dieses ernste Heut
> Der lustige Triller aus den jungen Tagen,
> Doch wenn er, Freundin, noch dein Herz erfreut,
> Dank ich der Luft, die ihn so lang getragen . . .

Berlin, Ende April 1894.

Gustav Manz.

Perſonen.

Gautier de Grommelard, ein Landedelmann.

Aliſon, ſeine Frau.

Robert, ein fahrender Schüler.

Kapitän Gaspard Robinet.

Jules de Gobelureaux, ein Junker.

Jeanne, Zofe.

Mathieu, Diener.

Die alte Crache.

Ein Burſche.

Die Handlung ſpielt um die Mitte des 16. Jahrhunderts in einem Landhauſe des Sieur Grommelard, in der Nähe von Troyes in der Champagne. Die Scene iſt ein ſtattliches Zimmer mit großem Kamin; große Thüre in der Mitte, zwei auf der linken Seite, rechts ein Fenſter.

Zum erſtenmal aufgeführt im königlichen Schauspielhauſe zu Berlin am 3. Februar 1894.

Das genaue Scenarium findet ſich in der Zeitſchrift „Der Regiſſeur" Jahrgang I Nr. 6.

Erster Aufzug.

Erster Auftritt*).

[**Gautier** (steht in Hut und Stiefeln nachdenklich da und zählt die Knöpfe seines Kollers).

Gautier.

Soll ich — soll ich nicht — soll ich doch — soll ich
      nicht — oder doch
Oder nicht — — verflucht, jetzt soll ich wieder nicht!
(Aechzt kopfschüttelnd, legt dann die Hand wieder an den ersten Knopf.)
Also nicht! — — oder doch — — oder nicht — oder
      doch — oder nicht —
Oder doch — —
    (schaut sich in zorniger Verblüffung um)
      cré nom! — da sagt es wieder: doch!
Nun gut, so sei's — zum letztenmal, es sei!
      (Ausbrechend.)
Was ist doch dieser „Soll" für eine Memme,
Hohlwangig, gliederschlotternd, feigen Blicks,
Der stets im Angriff nach dem Rückzug schielt!
Ich will's! — ich will's! — ich — ich — (wieder
      schwankend) ich muß!

*) Die mit [ ] eingeklammerten Stellen sind in der Bühnen=
ausgabe gestrichen. Ueber die Fassung der Eingangsscenen vgl. den
Anhang.

Ja ja — — ich muß! (Erschöpft.) Es ist zwar dumm, zu
dumm
Und doch ist es am Ende noch das Klügste. (Zornig.)
O welche Lage — frag' ich einen Menschen —
Wo selbst das Klügste eine Dummheit ist!
Und doch — ich thu's — ich will's versuchen! Mathieu!

Mathieu.

Gnädiger Herr!

Gautier.

Geh — öh — ruf mal, Jeanette! (Mathieu ab.)
Ja ja, ich muß es thun. Es hilft mir nichts,
Daß ich mich sträube. 's ist der einzige Ausweg,
Der mir ein Pförtchen noch, ein kleines, sichert —
Das einz'ge Mittel — — (seufzt) eine bittre Pille!
Und die nicht unfehlbar, gewiß nicht! — Na —
Hilft's, ist es gut! hilft's nicht, so ist's ein Trost,
Daß ich zuvor gewußt, wie dumm es war!

Zweiter Auftritt.

Mathieu (kommt mit) **Jeanne** (zurück).

Jeanne. Der gnädige Herr befehlen?
Gautier. Ja, komm mal her! — ich habe — ich
wollte dir — (gerät in Zorn) ich — äh! — (kurz abbrechend.)
Wo ist Madame?
Jeanne. Auf ihrem Zimmer, Herr!
Gautier (sich auslassend). So? — was? — warum
ist sie auf ihrem Zimmer? — — was thut sie auf ihrem
Zimmer? — warum kommt sie nicht herunter? weiß sie
nicht, daß ich fertig bin — — Himmelbonnerr —

Jeanne (ängstlich). Ich will's ihr sagen, gnädiger Herr! (Will ab.)

Gautier. Dageblieben! (Entdeckt Mathieu.) Was hast du da zu thun?

Mathieu. Ich — nichts!

Gautier. Nichts? — Halunke! — — anspannen!!

Mathieu (retirierend). Ist schon! — gnädiger — —

Gautier. Schafskopf! Dann nimm die Sachen da hinunter! (Mathieu schleunigst ab mit Mantelsack ꝛc. Gautier geht auf und ab; nach einer Pause unschlüssig.) Jeanne!

Jeanne. Ja, Herr! — (Für sich.) Was er nur will?

Gautier. Hm! — hm! öh! — (Sein Aerger steigt wieder zusehends.) Sag mal — — (wieder abbrechend) auf ihrem Zimmer ist Madame?

Jeanne. Ja, Herr!

Gautier. So! — hm! — Zum — öh! — Ich wollte — ich wollte etwas mit dir — (Hält inne.)

Jeanne. Ja, Herr!

Gautier (losbrechend). Zum Teufel mit deinem Ge= jaherr! — Was hast du zu jaherrn? — Ich wollte — nichts wollte ich! Mach, daß du mir aus den Augen kommst, dummes Ding! —

Jeanne (unwillkürlich). Ja, Herr! (Sie flüchtet sich hinaus.)

Dritter Auftritt.

Gautier.

Gautier (in höchster Wut).

Cré nom de Dieu! Die Pest an deinen — — nein!
An meinen Hals sollt' ich sie eher wünschen,
Der diesen — (klopft sich daran) überqueren Schädel trägt!
Was ruf' ich sie, wenn ich nicht reden will!
Was red' ich nicht, wenn ich sie vor mir hab'! — —
Ich weiß nicht, was ich thue, was ich lasse —

Es reißt mich rückwärts, wenn ich vorwärts will!
Und gibt mir wieder einen Ruck nach vorn — —
(Trommelt sich an die Stirn, dann erschöpft:)
Und doch ich muß, es geht nicht anders an.
Da hilft kein Beten und kein Fluchen hilft!
Ich kann sie nicht allein — auf keinen Fall! --
Und ohne Aufsicht lassen. Falsch sind alle — --
Wie heißt der alte Spruch doch gleich?
(Schwach lächelnd sich besinnend.)
         Ja so:
Falsch sind alle, jung und alt!
Ob sie hitzig thun, ob kalt,
Ob sie schmollen oder schmeicheln,
Ob sie kratzen oder streicheln,
Ob sie lachen oder weinen —
Wer kann wissen, wie sie's meinen?
(Nickt, Mathieu tritt ein.)
Zwar falsch ist auch, die ich zum Wächter setze,
Doch hab' ich keine Wahl und muß versuchen
Mit Gold zu löten, wo die Treue rinnt.

      Mathieu.
Gnädiger Herr, es ist nun alles gepackt und in Ordnung.

      Gautier.
's ist gut! — Geh, schick mir die Katze nochmal!

      Mathieu.
Jeannette?

      Gautier.
Ja, wen sonst? — (Mathieu geht; Gautier auf und ab.)
An allem ist nur diese Reise schuld!

Not, Tod und Teufel auch, wie sie mich ärgert,
Mit all der Plackerei und sonst noch was!
Was geht der König und der Hof mich an! — —
(Hält inne und sieht sich um.)

Vierter Auftritt.

Mathieu (schiebt) **Jeanne** (ins Zimmer).

Mathieu. Na, so mach doch!
Gautier. Wird's bald?
Jeanne. Aber — der Gnädige thut mir nix?
Gautier. Unsinn! — (Zu Mathieu.) Fort! (Mathieu ab.) Hör mal, Jeannette, ich — hm! — ich habe — hm! — (kurz entschlossen) etwas zu sagen! — Sag mal, kann ich mich auf deine Verschwiegenheit und Treue verlassen?
Jeanne (sieht ihn mißtrauisch an und öffnet zögernd den Mund).
Gautier. Nein, sag lieber nichts! — Sieh her — — (Zieht eine Börse.)
Jeanne (plötzlich einfallend). O gnädiger Herr, mit Leib und — —
Gautier. Ach was!
Jeanne. Auf Ehr' und Seligkeit! so wahr ich — —
Gautier. „Eine falsche Katze bin!"
Jeanne. Wenn's dem gnädigen Herrn einerlei ist, worauf ich schwöre, mir ist's auch! (Verstummt.)

Fünfter Auftritt.

Alison (tritt im Rücken Gautiers auf und hört im folgenden zu).

Gautier. Das nehme ich unbesehen hin! Aber schau: dabrin sind zwanzig Florentiner —
Jeanne. Ich nehme sie auch unbesehn!

Gautier. Sei still! — So wahr du also eine falsche Katze bist, wie ihr alle —

Jeanne. Wie wer alle?

Gautier. Wie wahrscheinlich alle! Hörst du? Wie wahrscheinlich alle! Versteh mich wohl: wie wahr — —

Jeanne (frech). Nun ja, wie wahrscheinlich alle, also wohl auch Mia —

Gautier. Hüte deinen losen Schnabel! — Ich habe nichts gesagt! — Aber sieh: diese zwanzig Florentiner — hörst du? (Klappert damit.)

Jeanne. Ja, ich höre! —

Gautier. Sie sind dein und noch zwanzig dazu, wenn ich wiederkomme — — Dafür mußt du mir aber versprechen, alles, auch das Kleinste, bis aufs Tüpfchen, was während meiner Abwesenheit — äh — nämlich — nun wie soll ich sagen — na, du bist ja ein gescheites Mädchen —

Jeanne. Ja ja, das glaub' ich wohl, aber — —

Gautier. Ich mag das Abern nicht! — Willst du mir das versprechen? Nun, was ist's denn?

Jeanne (an einem Schürzenzipfel kauend). Es geht nicht gut!

Gautier. So — warum geht's nicht gut?

Jeanne. Madame hört's ja! (Gautier fährt bestürzt herum; Pause.)

Alison.

Laß dich nicht stören, lieber Mann, ich bitte! — (Pause.)
Ich bitte drum, laß dich durch mich nicht stören! —
Schließ deinen Handel nur, nimm ihr den Eid — —
Wie teuer ist er? Zwanzig Florentiner?
Du läßt dich deine Schande etwas kosten!

Gautier (nach Worten suchend).

Nein — nein — ich will — — —

Alison.

Du hast mich doch verstanden?
Vollende doch, was du begonnen! — Häufe
Die Schmach nur weiter auf der Gattin Haupt,
Du krönst auch deine Stirne mit der Schande,
Denn du mußt ernten, was du so gesät,
Dich färbt der Makel, den du an mir suchst,
Nein, nein! mit dem du grundlos mich befleckst!
(Bricht in Weinen aus.)
O welch ein armes, armes Weib bin ich!

Gautier (hilflos).
Was sag' ich nur?

Alison.

Der eigne Mann entehrt mich! —

Gautier (begütigend).
Ich bitt' dich, Lieschen!

Alison (abgebrochen, schluchzend).
Bei — der Dienerschaft.

Jeanne.
Was das betrifft, ist's freilich unerhört,
Doch nicht so arg, was mich betrifft!

Gautier (sich an die Stirn greifend).
O Esel du!

Alison.
Sieh nur, was du erreichst!

Jeanne.

Mit Fug und Recht vielleicht das Gegenteil!

Gautier (zornig).

Du, sei mir still!

Alison.

Laß sie, hat sie nicht recht?

Gautier.

Frau! Frau! Hat sie recht, hab' ich's auch!

Alison.

Du hätteft,

Wär' ich wie du!

Gautier.

Wie ich?

Alison.

Jawohl, so niedrig!

Unwürdig ist dein Thun, dein schnödes Mißtraun,
Dein schleichender Verdacht, der mich verfolgt!
O, sieh nur zu, was du damit erreichst,
Du schlauer, überschlauer Schlaukopf du!

Gautier.

Du drohst mir? (Sie schweigt trozig.) Drohst mir? (Erregt.)

Alison (kühl).

Nein!

Gautier (wild).

Ich rate dir's!

Alison.

Und hab' doch recht! -- Weh dir, wär' ich wie du,
Und wär' ich anders, als ich bin!

Jeanne.

Sehr wahr!

Gautier (durch die Zähne).

Was wäre dann?

Alison.

O, lustig wär' es, lustig,
Wie ich dich an der Nase führen wollte,
Mit deiner alten dummen Eifersucht!

Gautier (verzweifelt).

Das ist nicht Eifersucht, das scheint nur so!
Ich bin nicht eifersüchtig, nein —

Jeanne (halblaut).

Was denn?

Gautier.

Ich hüte meine, deine Ehre nur!

Alison.

Gab ich dir — oder wer gab Grund dazu?
Wer hat sie angetastet? — Und — o Narrheit!
Wie willst du unser beider Ehre schützen,
Du, der ihr eigner, schlimmster Feind ja ist! —
Sie scheint dich wahrlich wie ein Alp zu drücken,
So ängstlich quälst du dich mit ihr herum!

Gautier.

Ich thu' es nicht zum Spaß, ich habe Gründe!

Alison.

So, Gründe? ich vielleicht?

Gautier.

Du nicht, du noch nicht —

Alison.

Noch nicht? — O sprich nur frei! — Ich bin gefaßt!

Gautier.

Ich geh' nun fort und lasse dich allein — —
Und du bist jung und schön — —

Alison.

Nun? — Und? — —

Gautier.

's ist gut! — —
Mein Kind, ich kenn' die Welt, die Welt ist schlecht,
Ich kenn' den Brauch der Welt, und der ist's auch!

Alison.

Natürlich!

Gautier.

Ja! — Da sind die Weisen einig! —
Und ich geh' fort und lasse dich allein! —

Alison.

Das will dir nicht mehr aus dem Sinn!? —

Gautier.

Das ist's!

Zwar eifersüchtig, sag' ich, bin ich nicht,
Doch sieh — es fährt mir eisig durch das Hirn! —
Schon der Gedanke, wie die glatten Herrchen,
Die Säbelraßler, Gecken aus der Stadt,
Die Schürzenjäger, die seit Jahr und Tag
Da unten ihre Pfauenräder schlagen —
Wie werden die nun erst von morgen an,
Sobald sie wissen, daß ich ferne bin, —
Zu deinem Fenster ihren Singsang klimpern,
Und ihre frechen Augen nach dir schmeißen! — —
Und auf der Straße gar — ich denk's nicht aus —
Das Blut steigt lodernd mir in das Gehirn,
Und gelbes Feuer schlägt mir in die Augen —
Und meinen ganzen Körper packt's und schüttelt's,
Als müßt' ich Gift und Galle — Tod und Teufel —
Kreuz—brand—pest—höllenbombenelement!!!

(Schleudert auf der Höhe seines Wutausbruchs seinen Hut auf die
Erde; die Frauen weichen entsetzt zurück.)

Alison.

O Gott, o Gott!

Jeanne.

Er bringt uns sicher um!

Gautier (erschöpft).

Hab' ich dich arg erschreckt!

Alison (weinerlich).

Wie arm ich bin!
Was soll ich thun — was sagen — wie die Saat
Des gift'gen Argwohns aus der Brust dir reißen? — —
Wenn du nur bliebst, nur bliebst! — O tausendmal
Wollt' ich dem Schicksal danken!

Gautier (plötzlich besonnen).

Gut! ich bleibe!
Komme was will! Ich schere mich den Teufel!
Ich bleibe! (Beobachtet Alison scharf.)

Alison.

Gott sei Dank!

Jeanne (halblaut).

Sie ist verrückt!

Alison.

So bin ich doch die schwere Sorge los! (Geht zum Fenster, öffnet.)
Abspannen!

Gautier (zärtlich).

Frau! (Nähert sich ihr und faßt ihre Hand.)

Jeanne (wie oben).

Sie weiß nicht, was sie thut!

Gautier.

Ich glaube ja, daß ich bir unrecht that!
Ich mach' es gut und gehe!

Jeanne (abseits).

Gott sei Dank!

Alison.

Nein, nein! bleib nur! es wäre besser, bleib!

Gautier.

Nein, liebe Frau! ich gehe! bleib nur brav,
So brav, wie du bis heut' gewesen bist.

Nur eines bitt' ich noch, verzeih es mir:
Geh nicht zu viel und nicht alleine aus!

Alison.

Siehst du, du fängst — —

Gautier.

Nein, nein, ich meine nur:

Des Gatten Haus ist seines Weibes Feste.
Mehr sag' ich nicht mehr. Ich vertraue dir.
Du siehst, daß ich nicht eifersüchtig bin,
's ist nur mein Temperament — und nun leb wohl,
Und bleib gesund und geh mir nicht zu viel — — (verbessert sich)
Und bleibe munter — gib mir einen Kuß!

Alison.

Leb wohl! (sie umarmen sich) und komm mir bald zurück!
(Mathieu tritt ein, kratzt sich den Kopf, dann:)

Mathieu.

Gnädiger Herr? Soll denn wirklich abgespannt werden,
oder bleibt's — —

Gautier.

Wir reisen! komm!]
(Löst sich aus der Umarmung und schreitet, von Alison geleitet, der
Thüre zu; Jeanne dreht sich auf dem Absatz herum und schlägt ein
Schnippchen.)

Sechster Auftritt.

(Unterdessen tritt die alte) **Crache** (ein, mit einem) **Burschen** (einen großen Waschkorb tragend, der mit einem Tuche zugedeckt ist. Sie setzen den Korb hin.)

Die Crache (ohne gleich Gautier zu sehen, beim Eintreten).
So, Madame! da haben wir die ganze Bagage, alles ausgesuchte — (Bemerkt Gautier.) Jesus, Maria und Joseph! was hätte ich da angerichtet! — Ich habe die Wäsche, Madame! — Sie werden diesmal zufrieden sein! — Wohin damit?

Alison (ihren Schreck verbergend). Dort in die Kammer! (Sie tragen sie hinein.)

Gautier.
Verflucht! Kaum steck' ich recht im Reisestiefel,
Hetzt mir der Satan dieses alte Weib
Quer über'n Weg! — 'ne nette Vorbedeutung!

Die Crache (zurückkommend). Glückliche Reise, Herr! —
Allen Segen über Euch!

Gautier (wütend).
Sie wünscht mir Segen, he, die alte Hexe,
Zum Teufel mit dem Segen und mit dir!

Die Crache (giftig). So? wär's denn Euch lieber,
wenn ich Unsegen — —

Gautier (noch wütender).
Will mich die Hexe noch wütend machen!
(Zu Alison.) Und du, was läßt den alten Kuppelpelz
Mir grad zu dieser Stunde in das Haus,
Wo ich zum Aufbruch rüste!

Alison.

Aber Lieber!
Was kann ich denn dafür? Sie brachte Wäsche,
Und dachte nicht zum Aergernis zu kommen!
Wenn sie's gewußt, da hätte sie gewartet!

Die Crache. Freilich hätte ich das, und wie! —
Verlaßt Euch drauf, ich bin zu andern Dingen gekommen,
als um Grobheiten zu hören! Und das sage ich Euch,
Herr, wenn Ihr mich Heye und Kuppelpelz schimpft, das
hat mir noch niemand geboten. Ich bin alleweil eine
ehrliche Frau gewesen, und habe mein Brot reblich verdient — —

Mathieu. Herr! — Das sagte auch einmal ein
Weibsbild, das zu Troyes gestäupt wurde, und zwar von
Rechts wegen. Denn ihr Brot verbiente sie wohl reblich,
aber das Schmalz und was sonst noch zum guten Leben
gehört, das stahl sie sich! — Aber es wird wirklich Zeit —
sonst kommen wir nimmer durch die Stadt; denn wenn
die Wärter mal die Thore geschlossen haben und auf der
Pritsche liegen, da könnt Ihr tuten wie ein Engel am
jüngsten Tag — sie machen Euch nicht auf!

Gautier.

Nun ja denn! — zu! Doch ärgert's mich zu sehr,
Daß mir die Her' den Abschied so verhunzt! —
Leb wohl! Komm her! — Und gib noch einen Kuß! —
Wie Morgensonne scheucht den Nebelbunst,
Fegt der mir von der Stirne den Verbruß.

(Geht mit Mathieu ab; Alison eilt ihm nach und geleitet ihn hinaus.
Mathieu bleibt auf der Schwelle stehen und blinzelt pfiffig die Zurück-
bleibenden an, dann geht er pfeifend ab.)

Siebenter Auftritt.

Die Vorigen, ohne Gautier, Alison und Mathieu.

Die Crache (Mathieu nachblickend). O du! — Wenn ich dich einmal laufen könnte!

Jeanne (erschreckend). O du mein —! Was war das?

Die Crache. Was?

Jeanne. Was er gepfiffen hat?

Die Crache. Nun?

Jeanne. Das war ja die Melodie: „Du bleibst zu lang, mein Robinet!" Wenn er was gemerkt hätte?

Die Crache. Das wäre! Pfeift er es sonst nie?

Jeanne. Ach nein! Du hast recht! Ich hab' es neulich schon von ihm gehört.

Die Crache. Da wird's wohl auf dich gemünzt sein!

Jeanne. Ja, er ist eifersüchtig auf meinen Junker! Vom Kapitän kann er nichts wissen. Aber ich bin halt erschrocken! — (Der Crache um den Hals fallend.) Nein, wie ich mich freue! Wie ich mich auf den Abend freue! Nein so was! — Habt Ihr auch sein eingekauft! Ihr wißt, ich bin immer für das Feine!

Die Crache. O, was das betrifft! — Ich sage dir nur, wenn heute der König selbst nach Troyes käme, er könnte nichts mehr auftreiben, was ein König mit Anstand essen kann — — alles haben wir dabrin! Pastetchen haben wir, Pastetchen, sage ich dir — das zergeht nur so auf der Zunge, so zart und rührend — — die reine Musik!

Jeanne. Pastetchen ess' ich für mein Leben gern!

Achter Auftritt.

Die Vorigen. Alison.

Alison.

Nun endlich! endlich! endlich ist er fort!
Nun kann ich einmal atmen wie ich will,
Frei bin ich heute, und was frei sein heißt —
Ich will es kosten, kosten — ihm zum Trotz!
(Ergreift Jeanne und wirbelt mit ihr herum.)

Die Crache (klatschend). So ist's recht! So ist's
brav! Nur lustig, meine Täubchen! Man muß es nehmen,
wie's kommt, und rüstig zugreifen, wie's das Glück uns
schickt, Sonne und Regen, Unheil und Segen, Kuchen und
Brot, Leben und Tod. Heut spazieren wir schäkernd im
Sonnenschein, morgen sitzen wir im Regen zu Haus und
stricken! Heute essen wir Pasteten, die ein Liebhaber schickt,
morgen stehn wir wieder am Herd und kochen für den
Hausrüpel Gelbrüben und Bratwurst! Heute abend küssen
wir, und morgen abend gehn wir um dieselbe Stunde
zum Rosenkranz oder zur Beichte. Das ist der Lauf der
Welt! Lustig, Kinder, seid lustig, lustig! — Du Stoffel,
nichtsnutziger, kannst du nicht deine Kappe runterreißen
und in die Luft schwenken und „juch" schreien, daß Ma=
dame sieht, daß du auch Manieren hast! —

Der Bursche (der die Zeit über sehr stumpfsinnig da=
gestanden hat, schwenkt seine Mütze und jauchzt derart, daß Alison
und Jeanne erschreckt auseinander fahren). Juch! (Die Frauen
brechen über ihn in ein Gelächter aus.)

Die Crache. Nu, so war's gerade nicht nötig! —
Aber, Madame, ich will nun wieder gehen! Ihr werdet
mich ohnehin nicht brauchen! — Hängt Eurem Manne
nur eines auf, dem Siebian! Er setzt Euch wohl arg zu?

Alison.

Entsetzlich quält mich seine Eifersucht.
Von morgens früh bis in den Abend folgt
Sein brennend Auge suchend meiner Spur.
Er sieht, wo nichts zu sehen, und hört, wo nichts
Zu hören ist, und ärgert sich darob,
Weil er nichts findet — —

   Jeanne. So ein Narr! Wie wenn es froh ihn
machte, wenn er etwas fände!

Alison.

Und hat er jeden Schrein und jede Tasche
Mit seinen Fingern stündlich mir durchwühlt, —
Umsonst natürlich! — sucht sein Späheraug'
Mir selbst die Seele drinnen zu entkleiden,
Und heimlich jedes Fältchen zu erforschen.

   Die Crache. Nur ihm recht um den Bart ge=
gangen und den Brei hübsch verzuckert, wo man ihn am
liebsten vergiftet hätte — O, wie schmeckt dann die
Rache!
   Jeanne. Das schlimmste ist aber, daß er es nicht
einmal Wort haben will, Gott bewahre! er ist nicht eifer=
süchtig! er! i wo denn!

Alison.

So quält er mich aufs Blut und macht die Ehe
Zur schlimmsten Folter mir und zwar aus Liebe,
Denn „Liebe" ist sein zweites Wort! ja „Liebe"!

   Jeanne. Und geht er einmal aus dem Hause, so
möchte er Euch am liebsten in den Keller sperren oder
in den Schlot mauern, — wie heute auch!

Die Crache. Nun laßt es gut sein, meine Täub=
chen! — Ihr werdet heute Tröster finden! Gute Nacht
und laßt euch alles gut schmecken! — Und — das sag'
ich euch — ihr werdet mit meiner Bedienung zufrieden
sein. Es gibt keinen zweiten so stattlichen Kavalier in
ganz Troyes, wie Kapitän Robinet — und er liebt euch
so arg! —

Jeanne. O bitt' Euch, mein Junker! Ueber den
geht keiner! — Er hat so etwas Feines an sich — —

Die Crache. Er ist aber so mager! Dagegen
Kapitän Robinet! — —

Alison.

Nun zankt euch nicht! Wir können sie vergleichen!
Die Hauptsach' ist, sie müssen lustig sein — —
Ich will mich amüsieren! Ja, das will ich!

Die Crache. O, was das betrifft — —! Ich
werde doch meine Kunden kennen. Mehr sage ich nicht!
— Halte mich bestens empfohlen! — Komm! — Na du
Stoffel, kannst du nicht deine Mütze — —

Der Bursche (wirft die Mütze in die Höhe). Juch!

Die Crache (ihm eine Ohrfeige gebend). Na, na, Schafs=
kopf! — Das nicht! — Einen Kratzfuß sollst du machen,
und der Madame guten Abend sagen!

Der Bursche (ausscharrend). 'n Abend! (Die Crache
mit ihm ab unter dem Gelächter der andern.)

Neunter Auftritt.

Jeanne.

Nein so ein Tölpel! — Der — und dann mein Junker!
Nichts geht doch wahrlich über seine Bildung!
Wenn ich an meinen Junker denke — ach! —

Wie der die Worte hübsch zu setzen weiß,
So zierlich wie ein Tänzer seine Beine!

Alison.

Wie bist du denn zu dem Galan gekommen,
Der dich mit seiner hohen Gunst beglückt!
's ist eine Kunst zwar nicht, ihm zu gefallen,
Denn wenn es wahr ist, was man von ihm sagt,
So läuft er jeder Schürze nach!

Jeanne.

Madame! —
Ich sage nur: man sage, was man will! —
Ein Junker aus der nobelsten Familie,
Der ist doch wohl ein Mann auch von Geschmack!

Alison.

So laß dir eine Wahrheit sagen, Hannchen:
Die Männer von Geschmack sind immer nobel,
Allein nicht jeder Noble hat Geschmack!

Jeanne.

Doch Herr de Gobelureaux vereinigt beides!
Kein Tüpfchen laß' von seinem Lob ich streichen!
Und daß Ihr's wissen mögt: zu himmlisch war's,
Als wir uns kennen lernten! Eines Markttags,
Da fuhr ich mit Lisetten in die Stadt —
Nein, es war Caton, richtig Caton war es! —
Sie war zusamt Sebastian eingeschlafen —
Ich ließ sie ruhig in Staub und Hitze ziehen,
Und nahm am Stege bei der untern Mühle
Den Fußweg durch das schattenkühle Wäldchen — —

Alison (zornig).

Schweig! sag' ich dir. Ich mag's nicht weiter hören!
(Für sich.)
Bin ich von Sinnen, ist's so weit gekommen,
Daß ich die Herrin ganz vergesse, und
Mit meiner Zofe so gemein mich mache,
Daß Dinge sie mir frei erzählen darf,
Wofür ich sonst sie aus dem Dienst gejagt?

Jeanne (verschnupft).

Was hat Madame?!

Alison.

Vergiß den Anstand nicht!
Noch bin ich Herrin!

Jeanne.

O, ich dachte, heute —

Alison.

Auch heute abend! — (Für sich.) Wie ich seltsam bin!
Ist das die Hoffnung ungemeßner Lust,
Die mich erfüllte! Oder schleicht die Reue
Verstimmend durch mein Herz! Die Reue? Bah!
Der Aerger, daß ich mich verstimmen ließ,
Der Aerger ist's, daß ich nicht toll genug,
In diese tolle, bunte Nacht zu stürzen,
Gedankenlos wie dieses dumme Ding! —
Die Grillen weg! — Sei heut ein Schmetterling,
Und laß den Leichtsinn dir die Freiheit würzen!
Laß gut sein, Mädchen! Sag, wann kommen sie,
Dein süßer Junker und mein Kavalier!

Jeanne.

Ein jeder Augenblick kann sie schon bringen!
Gottlob, daß Ihr nun wieder munter seid!
Mir ist so wohl! Es zuckt mir in den Armen,
Als müßt' ich jetzt sie öffnen schon und dann
Im süßen Bangen der Erwartung harren,
Bis Julius an diese Brust mir fliegt! —
Das ist von ihm! Das hat er jüngst gesagt,
Als ich am Parkthor auf ihn wartete, —
War das nicht schön?

Alison.

Nein, reizend ist es, Hannchen!
Doch laß uns jetzt an unsern Anzug denken —

Jeanne.

Was meint Madam' zu meinem Sonntagskleid
Und zu der neuen Haube!

Alison (lachend).

Wie du willst! —
Ich wähle mir ein hübsches Morgenkleid,
Und stecke Blumen mir ins Haar,
Und eine Knospe an die Brust — —
(Es klopft.)

Alison (erschreckt).

Wer klopft?

Jeanne (an die Thür fliegend).

Sie kommen, heil'ge Jungfrau!

Zehnter Auftritt.

(Die) **Vorigen**: (bevor Jeanne die Thür erreicht, tritt mit abgezogenem Barett) **Robert** (herein; er trägt ein Ränzchen, Guitarre und Rapier).

Robert.

Ich, Madame!

Jeanne (schreit auf und flüchtet sich hinter Alison).

Alison.

Zurück! — Wer gibt Euch Recht, hier einzubringen —

Robert (nähertretend; sie weichen ängstlich zurück.

Ihr, gnäd'ge Frau, wie käm' ich sonst dazu!
Ich klopfe an, Ihr fragt sogleich: „Wer klopft?"
Aus schönem Mund ist jeder Wunsch Befehl,
Was Wunsch! Die Ahnung eines Wunsches schon!
Drum tret' ich ein, und zeig' den späten Gast —

Alison.

Doch niemand hieß Euch, gleich hereinzutreten,
Zu dieser Stunde, und uns Frau'n erschrecken!

Robert.

Das erste hieß ein bißchen Klugheit mich,
Das zweite wollte grade ich vermeiden!

Alison.

Ich red' im Ernst — —

Robert.

Ich nicht im Scherz, Madame
Denn seht, hätt' ich schon draußen „Ich" gerufen —
Und hätt' ich's sanfter als ein Lämmchen blökt,
Gehaucht, geseufzt, geschmachtet und geflötet —
So hätt' ich Euch gewiß zu Tod erschreckt,
Und — müßte jetzt auf ein „Herein!" noch warten;
So aber tret' ich selber vor Euch hin
Und weise Euch mein ehrliches Gesicht
Als Unterpfand für meine Unschuld hin!

Alison.

Was wollt Ihr denn? vielleicht — —

Robert (einfallend).

Ein Nachtquartier?
Wie klug Ihr ratet! Dankbar nehm' ich's an!

Alison.

Ich seh', Ihr treibt die Frechheit mit Methode!
Ich bot Euch nichts an!

Robert.

Eine schöne Frau,
Sie bietet alles schon durch einen Blick,
Mit dem sie flüchtig unsre Armut streift —

Alison.

Wer streifte Euch?

Robert.

Verzeiht! Ihr habt ja recht;
Ihr laßt ihn sonnig auf mir ruhen —

[**Alison** (energisch).

Herr! —

Robert.

Ihr täuscht Euch selbst! Ihr schämt Euch Eurer Güte.
Denn solcher Güte Fülle ist ja immer
Mit Geist und mit Bescheidenheit gepaart! —
O seht mich an — —

Alison (streng).

Sonst fehlt Euch nichts — —]

Robert.

O doch!
So viel! zunächst ein warmes Abendbrot,
Ich nehm' es dankbar hin zum Nachtquartier!
Ja, Eure Güte traf das Richtige,
Denn übel schläft sich's, wenn der Magen knurrt.

Alison (hilflos).

Was soll ich sagen, und wie soll ich wehren — —?

Robert.

O teure Frau, wehrt meinem Danke nicht,
Ein Blick von Euch zeigt mir ein schwellend Bett,
Der andre gleich ein gutes Abendessen,

Ein dritter weist mir lächelnd, wißt Ihr was?
Ein abgelegtes Wams von Eurem Gatten,
Und wenn der vierte auch noch recht behält,
So hör' ich etwas in den Taschen klimpern.
Hab' ich nicht recht? — Ihr lächelt ja!

Alison (mit ärgerlichem Gesicht).

Nun hört!
Wenn Ihr das Lächeln nennt — —

Robert.

Wie, nicht? Ihr scherzt! —
Ich bitte Euch, das soll kein Lächeln sein? —
Ich seh' doch recht — — (sich die Augen beschattend)
Ha! seht! so lächelte
Einst Aphrodite, als auf Idas Höhn
Sie vor den königlichen Schäfer trat!
[Das ist der Seligen Lächeln, der Beglückten,
Nein, der Beglückenden!]

Jeanne.

Gott steh' mir bei!
Der kann's noch besser als mein lieber Junker!

Alison.

Ich sag' Euch noch einmal — —

Robert.

O nicht! Ihr habt
Durch Euer erstes Wort mich schon beglückt.

Alison (ärgerlich).

Jetzt hört mich an! Ich laß' Euch aus dem Hause —

Robert.

— — Nicht in die kalte, dunkle Nacht hinaus
So abgerissen und verhungert ziehn!
O niemals ward mir auf der Wanderung
So liebevoller, gastlicher Empfang!

Alison (ärgerlich, verzweifelt lachend).

Ist mir ein solcher Vogel vorgekommen,
So lästig —

Robert.

— und so angenehm wie ich?

Alison (nachgebend).

Wüßt' ich ein Mittel, Euch den Mund zu stopfen — —

Robert.

Ich will's Euch sagen, gebt mir was zu essen.

Jeanne.

Was meint Madam', wenn wir ihn hier behielten —

Robert.

Sehr richtig, schönes Kind, das meint sie auch!

Jeanne.

Es wäre nieblich, wenn wir jemand hätten,
Uns aufzuwarten?

Robert.

Aufzuwarten, Herrin?
Mit allem, was ich kann, ich will es gern:
Ich singe, musiziere, tanze, dichte,
Und weiß Euch eine Masse von Geschichten —

Alison (sich besinnend).

Schon gut! das nebenbei! — Seid Ihr verschwiegen?

Robert.

Verschwiegenheit ist meine stärkste Seite,
Nächst der Bescheidenheit!

Alison (lachend).

Ich bitt' Euch, Herr!
Wenn Ihr auf diese Tugend Euch beruft,
Muß die geschwätzigste der Elstern schweigen
Vor einem solchen Plappermaul! — Nein, sagt,
Allein im Ernst, könnt Ihr verschwiegen sein?

Robert.

Wenn Ihr ein Siegel auf den Mund mir legt —
Die Wahl stell' ich Euch frei, — doch deut' ich an!
Am liebsten wär' mir eins, das warm und süß —
Und rot und duftig wie ein Lippenpaar.

Alison (zu Jeanne).

Such einen Honigfladen aufzutreiben,
Wärm ihn ein bißchen, und dann tauche ihn
In Himbeersaft, und leg es ihm als Pflaster
Auf seinen Mund — (zu Robert) das mag dem Herrn genügen.

[Robert (galant).

Ihr schlugt mich, Herrin — doch ich hatte recht:
Der Güte Zwillingsbruder ist der Geist.

Alison.

Ihr seid galant!] Doch hört, was ich Euch sage:
Ich — ich erwarte Gäste heut zur Nacht!
Mein Mann ist zwar verreist, allein — nun — ich — —

Robert.

O gnäd'ge Frau, der casus ist mir klar:
Der Mann verreist, doch seine guten Freunde
Erfüllen ihre Freund= — und — Christenpflicht!
[O welche schöne gute That ist es,
Verlassene zu trösten!] — Schade, schade!

Alison.

Was schade?

Robert.

                   O, daß ich nicht eher kam —
Das Trösten ist just meine stärkste Seite!
Ja fast mein angeborener Beruf!

Alison.

Es ist doch schlimm mit Euch! Kein ernstes Wort
Ist möglich —

Jeanne.

Ja, er hat den Schalk im Nacken!

Robert.

Das ist mein Erbteil und mein einzig Gut,
Das ganze Kapital, von dem ich zehre.
Geht mir der Witz in Brüche, geh' auch ich!

Alison.

Ein lustig Gut!

Robert.

Doch trägt es gute Zinsen!
Und einen großen Vorteil hat es! —

Alison.

Welchen?

Robert.

Ei, Gnädige! kein Jude kann mir's pfänden! (Sie lachen.)
Doch sagt, was wolltet Ihr — von Eurem Sklaven?

Alison.

Nun — gute Freunde hab' ich heut zum Essen!
Das heißt — der eine —

Jeanne.

Ist der meine, Herr!

Robert.

Der Himmel segne Euern edlen Bund!

Jeanne.

Ach nein!

Robert (zu Alison weiterfahrend).

Und nun, verehrte Dame?

Alison.

Hört:
Ich will Euch geben, was Ihr hier gesucht:
Ein Bett und Speis' und Trank steht Euch zu Diensten;
Dafür sollt Ihr bei unserm kleinen Schmaus,
So angenehm Ihr's könnt, den Pagen spielen!

Robert.

Zwar ist es besser, Gast als Kellner sein,
Doch ein Dienst ist ja wohl des andern wert!
Drum, schöne Wirtin, küss' ich Euch die Hand!
Flink will ich thun und gern, was Ihr begehrt —
Und — meinen Hunger geb' ich Euch als Pfand!

Alison (zu Jeanne).

Nun, gib ihm was zu essen!

Jeanne.
Aber was? —

Alison.

Gib, was du findest!

Robert.
Trefflich, schöne Frau!
Doch nach dem alten Wahrspruch: viel und gut!

Jeanne.

Ich hol' ihm eine Rauchwurst aus dem Schlot,
Und in der Küche ist noch Sauermilch!

Vielleicht fällt auch nachher ein Bissen ab,
Das wird dem armen Schlucker wohl genügen.

Alison (zu Robert).

Dann deckst du hübsch den Tisch — gib ihm ein Linnen,
Im Schranke dort sind Teller und Besteck!
Dort in der Kammer steht der Korb mit Speisen,
Und vier Gedecke richtest du uns zu!
Inzwischen, Hannchen, wechseln wir das Kleid!

(Alison und Jeanne ab.)

Robert (sich umsehend, die Hände reibend).

So, Freund! Für diese Nacht bist du geborgen,
Laß dich beloben, hast es gut gemacht!
Der Herr verreist, die Frau auf schiefer Bahn,
Ein Schmaus in Sicht und eine lust'ge Nacht —
Ich wittre so ein kleines Bacchanal,
Da pflegt so manche Niete sich zu lösen,
Denn, wenn die Herrin fiel, stolziert die Magd!
[Wie hübsch die Wirtin ist und auch gescheit.
Ihr Mann muß wohl ein Ungeheuer sein,
Denn eine solche Frau fehlt nie umsonst!]
Doch munter jetzt zum lustigen Geschäft,
Was gehen mich denn fremde Sünden an,
Die ich nicht büßen muß! Mein Wahlspruch ist:
Greif immer zu, ob's dir der liebe Gott,
Ob's dir der Teufel spendet: nimm's, wie's kommt! — —

(Holt einen Stoß Teller, und setzt ihn auf den Tisch, dann ein
Besteckkörbchen.)

Was hegt wohl dieser Korb in seinem Bauche?

(Zieht den Korb herein und schlägt den Deckel auf.)

Hilf Himmel! hilf! O, heiliger Lukullus!
Sah deine Tafel solche Wonne je!
O Tantalus, ich fühle deine Qual!

Ha! wie das duftet und es ist kein Traum,
Nein! bare Wirklichkeit! — Verführerisch
Liegt's hingegossen vor den trunkenen Sinnen,
Zum Fressen schön, nein, viel zu schön dazu!
O seht nur diese reizenden Pasteten,
Salate, Kuchen, Früchte, kalt Geflügel —
Und dann noch diesen köstlichen Kapaun, —
(Hält eine Platte hoch.)
Gefüllt — mit Trüffeln — und gebraten — ach —
Der Anblick da verwirrt mir ganz die Sinne — —

Elfter Auftritt.

Robert. Jeanne.

Jeanne (mit einer Platte).
So, Herr! Da eßt! Doch sputet Euch ein bißchen!
(Stellt sie auf einen Ecktisch, dann ab.)

Robert

Was soll mir das? Gemeine Bauernkost,
Indessen andre diese Fülle schlucken!
Da müßt' ich wohl ein dummer Teufel sein!
Nein, diese Rauchwurst wandert in den Ranzen,
Für morgen ist sie gut, für heut zu schlecht!
Das Brot, die Milch — (sucht) die stell' ich in dies Schränkchen:
Halt! einen Bissen muß dem Magen ich
Auf Abschlag geben, denn er schreit zu laut!
(Taucht ein Brotschnittchen in die Milch und ißt es, dann stellt er
die Schüssel in ein Fach des Büffets.)
Und nun zu dir, o heil'ge Gertrud, ruf' ich,
Holde Beschützerin der Fahrenden,

Hör mein Gebet: o steh auch heut zu mir
Und send ein paar recht läppische Gesellen,
Daß ich sie auf die lustigste Manier
Um diesen reichen Götterschmaus kann prellen!

(Macht sich ans Decken.)

(Der Vorhang fällt.)

Zweiter Aufzug.

Erster Auftritt.

Robert (ordnet noch ben Tisch). **Alison** (tritt von der Seite auf in geschmackvollem Anzuge).

Alison.

O seht wie nieblich! — Ja, Ihr seib geschickt
Unb habt Geschmack!

Robert.

Nicht wahr? Doch, schöne Wirtin,
Sagt mir, was nützt der lieblichste Geschmack,
Wenn es mir bloß so um die Nase säuselt,
Indes die Zunge so beweglich seufzt,
Wie in der heil'gen Nacht ein Waisenknabe?

Alison.

Nun! Wappnet Euch ein wenig mit Gebulb,
Verwaltet hübsch unb munter Euer Amt,
Unb laßt mich sorgen, daß auch Eure Zunge —

Robert.

Mit frohem Schnalzen ihr Geseufz vertauscht!

Alison (lachenb).

Mein Wort barauf!

Robert.

Ich dank' Euch, gūt'ge Herrin!
Und aus befreiter Seele wünsch' ich nun
Allseitig — einen schlechten Appetit!

Alison.

O Undank! — Doch zur Strafe sag' ich gleich:
Mein Liebster ist ein Freund von gutem Essen!

Robert (mit einem Blick auf den Tisch).

Das seh' ich wohl! — Doch eine Hoffnung bleibt:
Und wenn der Herr ein Kannibale wäre,
An Euren Reizen müßt' er satt sich sehn!

Alison (lachend).

O, was Ihr sagt?

Robert.

Ihr glaubt es nicht? Ich hoff's!

Alison.

Ein schwacher Trost!

Robert.

Ihr denkt nicht hoch von ihm!

Alison.

Wozu auch?

Robert.

Und Ihr liebt ihn?

Alison.

Lieben? Nun —
Ich weiß noch nicht! — allein er ist ein Mann,
Der Frauensleuten schon gefallen kann —
Stattlichen Wesens, sehr galant! — Und dann —
Man liebt ein Spielzeug, das die Zeit verkürzt —
So auch ein Mittel, das uns mutig rächt!

Robert.

Madame, nun kenn' ich Melodie und Text:
Ein Liedchen von bestrafter Eifersucht.

Alison.

Die grundlos ist — bei Gott!

Zweiter Auftritt.

Die Vorigen. Jeanne.

Jeanne.

Sie kommen!
Ich höre sie! — sie kommen! — nun wird's lustig.

Alison.

Ja, laßt uns fröhlich sein — wir trauern morgen.

Jeanne.

O, damit warten wir bis übermorgen,
Wenn erst der Brummbär wieder hier rumort.
Zwei Nächte lachen ist mir nicht zuviel,
Wenn ich hernach zwei Monde seufzen muß. (Es klopft.)
Herrje! Da sind sie! (Oeffnet.)

Dritter Auftritt.

(Die) **Vorigen.** (Unter der Thür erscheint Kapitän) **Robinet** (und bleibt auf der Schwelle mit Geste und Pose der Verzückung stehen). Alison (begrüßt ihn knixend und sieht ihn dann verwundert an. Nach einer Pause:)

Alison (einladend).

Darf ich bitten, Herr?

Robinet.

Hochedle Dame! gnäb'ge Frau und Herrin,
Allherrscherin im Reiche meines Herzens,
Allsonne in den Welten meiner Wonne,
Die meine Brust mit süßen Flammen füllt —
Nicht eher kann ich's, bis ein Wort von Euch
Mich aus dem Zauberbann erlöst, in den
Mich, Göttin, Eure Himmelsschönheit schlug.

Robert.

Sapristi!

Alison (lachend).

Nun, ich bat Euch drum!

Robinet (langsam vorschreitend).

Nun also!
So steig' ich aus dem Tempethal der Hoffnung,
Auf der Erfüllung sonnigen Olymp,
Allwo in Aphrobitens Zaubergarten —

Vierter Auftritt.

(Während der letzten Worte tritt Junker) **Godelureau** (in derselben Pose auf die Schwelle, lauscht erschreckt auf und stürzt ins Zimmer).

Jeanne (ihn umarmend).

Mein Jules, mein Herzensjunker!

Junker (sie abstreifend, heftig fuchtelnd).

Nein! — Nein! — Nein!
Was 'mal zu arg ist, ist zu arg! (Sucht nach Worten.)

Jeanne (erbost).

Nanu!

Alison.

Was habt Ihr, bester Herr? — Ist was geschehn?

Junker.

O solche Niedertracht! — Er fing doch an:
„Hochedle Dame! gnäb'ge Frau und Herrin!"
Und dann hieß es „Allherrscherin", „Allsonne" —

Alison.

„In seiner Welten Wonne" und so weiter!
Gewiß! Allein, was soll das?

Junker.

Schändlich! Schändlich!
Nein eine solche ungeheure Bosheit
Hätt' ich von ihm mir niemals träumen lassen,

Wenn schon es ganz Euch gleich sieht — Herr! — jawohl!
O gnäd'ge Frau, der Gruß, den er Euch bot,
War alles Schwindel und von mir gestohlen!

      Robert (der sich seitwärts hinter Robinet amüsiert).

O Schmerz!

      Alison (das Lachen verbeißend).

    Von Euch gestohlen und noch Schwindel?

          Junker.

Ja, edle Dame!

         Alison.

   Ei! Ihr seid sehr offen!

         Junker.

Das ist der Fehler eben! (Robert und Robinet lachen.)

       Junker (verwirrt).

    Gnäd'ge Frau!
Mir ist es wahrlich nicht zum Lachen, nein!
Bedenkt, was unterwegs ich ausersonnen,
Und mühsam aus dem Musenquell geschöpft,
Es huldigend auf Euren Weg zu streuen —

        Alison.

Zu gießen!

        Junker.

  Wie?

Alison.
Nun, was man schöpft, das gießt man!

Junker.
Ach so! 's ist wahr! — Zu gießen also — wie?
Wo blieb ich stehn?

Alison.
Beim Gießen! (Erneutes Gelächter.)

Junker (zu Robinet).
Lacht Ihr wieder?

Alison.
Nein doch! Die Thränen fließen ihm! — Doch weiter?
„Zu gießen!"

Junker.
Ach nun bin ich aus dem Text!
Was hab' ich sagen wollen?

Alison.
Nun, ich denke,
Was Ihr mir vor die Füße gießen wolltet —

Junker.
Ach richtig, ja! — das hab' ich in der Dummheit
Ihm auf dem Weg erzählt und vorgemacht
Und dacht' an nichts! Da! an des Parkes Saum,
Da wirft er tückisch mir die Zügel zu,
Und heißt mich seinen Schecken anzupflöcken,
Und weg ist er, im Dunkel wie versunken!

Was soll ich thun? Ich pflöck' die Rosse an
Und eile her, ihm nach, — um noch zu sehn,
Wie er den köstlichsten Triumph mir stiehlt.

Alison.

Das war ein Freundesscherz — —

Junker.

Ein Scherz? Nein Raub!

Und das von ihm — —!

Robinet.

Du nimmst es viel zu tragisch!

Junker.

Ist das der Dank, den du mir schuldig?

Robinet.

Was?!

Junker.

Ach thu nicht so! — Wer führt denn beine Börse — —

Robinet.

Schämst du dich nicht?

Junker.

Ich bin's, der immer zahlt —

Robinet.

Pfui!

Junker.

Pfui?

Robinet (die Hand am Degen).

Ja pfui! Ich bohr' dir's in den Schädel,
Damit du's besser hören kannst! Du Protz!

Junker.

So ein Schma — — (Robinet fährt auf ihn los, er retiriert,
Alison und Robert treten zwischen sie.)

Alison.

Frieden! Frieden!

Robert.

Ruhe! Herr!

Alison (zu Robinet).

Seid Ihr ein Kavalier? Bei meinem Zorne!
Gebt Frieden und versöhnt sofort Euch wieder!
(Spöttisch.) Mir deucht, Ihr seid ja wohl einander wert?

Robert (zu Alison).

Und ob sie's sind! [(Zum Junker.) Doch laßt Euch nichts
gefallen!
Ich steh' zu Euch! —

Alison (zu Jules).

Und Ihr, mein edler Herr,
Dort, Euer — Schätzchen mag Euch sanfter machen!
Seht nur, wie nett sie ist und hübsch im Schmollen!
Doch erst reicht Eurem Freund die Hand — Nun? —|

Robinet.

[Topp!]

Ich bin ein guter Kerl und will verzeihn!

Junker.

So? — Das Verzeihn ist, dächt' ich doch, bei mir!

Alison.

Das gleicht sich aus! Verziehen ist verziehn!

Junker.

Nun, ja denn! (Schütteln sich die Hände.)

Alison.

Bravo!

Robert.

Ei verflucht, 's ist schad',
Ich war schon dicht am wackeren Kapaun!

Junker.

Und nun, mein liebes Hannchen, grüß' ich dich!

Jeanne.

Ach geh mir weg! Ja, wenn's zum Küssen geht,
Bin ich dir gut genug, das weiß ich schon!
Doch sonst —! Nun ja! ich bin nur eine Magd,
Und sie — Madame!

Junker.

Ich bitt' dich, liebes Hannchen!
Mein zuckersüßes Hannchen, ich beschwör' dich:
Für dich auch hab' ich einen Gruß gehabt,

Und mit dem Monde hatt' ich dich verglichen,
Der meiner Nächte holde Sonne sei!
Bist du zufrieden nun?

Alison (zu Jeanne).

Nimm doch Vernunft,
Und trübe nicht mit deinem Eigensinn
Noch mehr den kurzen Freudenabend uns,
Nein, laß uns fröhlich jetzt — —

Robert (seufzend).

Zur Tränke gehn! (Rasch.)
Vergebt das Gleichnis aus der Landwirtschaft!
(Gegen das Haus.)
Doch war es gut gewählt, denn Ochsen sind's,
Und von der besten Rasse! — Heil'ge Gertrud,
Die dickste Opferkerze weih' ich dir!

Junker.

Nun, Hannchen?

Alison.

Geh doch! (Hannchen nähert sich, nachgebend.)

Robert.

Ei, so küßt sie doch!
Ich sag' Euch, nichts ist süßer als ein Kuß
Von einem Mund, der eben noch geschmollt!

Junker (sie küssend).

O, er hat recht! —

Jeanne (an seinem Hals).

Wer kann dir böse sein!

Robinet.

Madame! ein solcher Anblick rührt mich immer!
O, wenn Ihr einen Kuß mir gönnen wolltet?

Alison (weicht einen Schritt zurück).

Gemach, mein Herr! — Ihr wißt die Gunst der Frau
Ist eine Festung —

Robinet.

Doch ich bin Soldat!
Und habe stürmend manchen Wall erstiegen!

Alison.

Herr Kapitän — ich will belagert sein,
Drum wühlt und schießt, bis Ihr den Sturm versucht!

Robinet (komisch seufzend).

Wie lang ist's her, daß ich Euch schon belagre!

Alison.

Nun ja! — Doch war das nur so aus der Ferne!

Robinet.

Drum wollt' ich eben einen Handstreich wagen!
(Sucht den Arm um ihre Hüfte zu schlingen, sie weicht aber aus.)
So machten wir's vor Metz — war auch dabei! —
Doch heute gilt es einen schönern Sturm,
Und so erlaubt, daß ich die Waffen strecke!
(Er schnallt den Gurt ab und hängt den Degen an ein Hirschgeweih.)

Junker.

Ich auch, Madame?

Alison.

Ei natürlich, Herr!

Robinet (den Tisch bewundernd).

Der Tisch ist wohl bestellt, das läßt sich sehn!

Robert.

O heil'ge Gertrud! Jetzt die rechte Taktik,
Wie ich die edlen Herrn aufs neu verhetze
Und meiner Dame gründlich sie verleide!

Robinet (nach der Musterung).

Zwar dürst' ich mehr nach Eurem roten Munde,
Und hungre wie ein Wolf nach Eurer Liebe.
Allein ein gutes Mahl ist auch nicht übel.

Junker.

So recht pikant! Das ist so mein Geschmack,
Und du, mein Hannchen?

Jeanne.

Ach, das weißt du auch,
Daß ich von jeher für das Feine war!

Robinet.

Nun dächt' ich so: wir setzen uns und füttern,
Und dann — hm! — hm! — wie der Lateiner sagt — —

Junker.

Post coenam stabis — nein — so nicht! — na — na!?

Robert.

Post Bacchum Venus!

Junker.

Richtig! richtig! ja!
Was ich vergeßlich bin!

Robert.

Das kommt von beiden!

Junker.

Wie meint Ihr das?

Robinet.

Wer ist der Bursch', Madame?
Habt Ihr Lakaien, die Latein verstehn?

Robert.

Mehr als Latein, Herr Kapitän —

Alison.

Doch kein
Lakai! ein fahrender Scholar — —

Robert.

Den heut
Der Wind des Zufalls in dies Haus geweht,
Das ganz dem Zauberschloß der Circe gleicht,
Nur umgekehrt: Odysseus ist verwandelt,
Er wartet wie ein Pudel auf, indes
Die Herren hier — noch auf zwei Füßen gehn!
(Alison sinkt herzlich lachend auf einen Sessel.)

Robinet.

Bursch'! ich versteh' dich nicht! Doch merk' ich wohl,
Du willst den naseweisen Witzbold spielen!

Robert.

Das ist mein Amt! Madame gab den Freibrief!

Robinet (wütend).

Nom de Dieu! Willst du dich mausig machen?
[Wenn du an mir dein Mundwerk üben willst,
Gib acht, wie ich den Flaumbart dir barbiere!

Robert.

Was kann ich für den Bart, den ich nicht hab'!
Bedenkt, ich hab' das Haar noch auf dem Kopf,
Euch ist es allerdings 'ne gute Spanne
Vom Scheitel abwärts ins Gesicht gerutscht!]

Robinet.

Bursch' — ich —!
(Will ihm eine Ohrfeige geben; Alison hindert ihn daran.)

Alison (noch lachend).

Versteht denn niemand einen Spaß?
Zum Schmaus! zum Schmaus!
(Läßt sich von Robinet zum Tisch geleiten, der Junker führt Jeanne.)

Robert (hinterdrein).

Ich will ihn Euch gesegnen!
Und kann ich's nicht, so soll's der Teufel thun!
(Man setzt sich, außer Robert.)
Wie rett' ich meinen göttlichen Kapaun
Aus ihren Rabenfängen? — Wart! — —

Madame!
In meiner Heimat herrscht die alte Sitte,
Mit einem Spruch die Tafel anzuheben —
Wenn sich ein Tischgebet nicht schickt, wie just!

Robinet.

Schieß los damit! Hast ja das beste Maul!

Robert.

Doch um den Witz ein bißchen anzufeuchten,
Gebt mir zuerst ein Glas vom besten Wein,
Das gibt mir Stoff und Stimmung! —

Robinet.

Ach was, Wein
Für solch ein Bübchen paßt ein Apfel besser! (Wirft ihm einen zu.)

Robert (ihn auffangend).

Ich hätte lieber zwar vom Wein gesprochen,
Doch dem Genie ist jedes Thema recht.

Robinet.

Nur mach es kurz und keine Litanei!

Robert (nach kurzem Besinnen).

Da seht den Apfel — ein harmlos Ding!
Und mancher achtet ihn drob gering.
Wenn ihr ihn einem Esel schenkt
Und fragt dabei, was er sich denkt —
„Ei! (wird er sagen) denken? nichts!"
Und drauf ihn gemütlich und gelassen
In einer Oeffnung des Gesichts
Wupp — dich, schwupp — dich! verschwinden lassen!
(Schmatzt.)

Robinet.

Hast du nun ausgeschwatzt? Reich den Kapaun!

Robert.

Um Gott! — Jetzt kommt das Thema erst —

Alison.

Nur weiter!

Robinet.

Verflucht! — Na, zu!

[**Junker** (für sich).

Hätt' ich Papier und Stift,
Ich möcht' mir's gerne zum Gebrauch notieren!]

Robert.

Doch fragt einen Weisen! Der sagt: „Mir graut!
Er fühlt sich an wie Schlangenhaut!
Eine Schlange hat es auf dem Gewissen,
Daß Eva in den Apfel gebissen;
Ein Apfel hat so unser Leben vergiftet —
Ein andrer aber hat Unheil gestiftet
Im Himmel sogar: es saßen beim Mahl
Die seligen Götter im blauen Saal,
Sie haben gelacht, sich verliebt geneckt,
Und aßen Pasteten und tranken Sekt;
Herr Mars vertieft sich in einen Kapaun,
Da verdroß es die Eris zuzuschau'n;
Sie warf ihren Apfel unter sie —
Die Saat war da, der Haß gedieh!
Draus manche blutige Thräne floß
Von Ithaka bis Pergamos.“
Drum ist der Apfel — ich sag's euch wohl —
Der bösen Zwietracht recht Symbol.
Und warnend setz' ich in diesem Sinn
Ihn mitten auf eure Tafel hin — —
Mög' er euch — nicht den Frieden stören!
Das ist mein Spruch! — Der Teufel mag ihn hören!

Alison (klatschend).

Bravo! — Du bist ein feiner Page! [Komm
Und laß dich küssen auf den klugen Mund!

Robert.

Das nenn' ich einen süßen Lohn!
(Alison nimmt seinen Kopf in die Hände und küßt ihn.)

Robinet (auffahrend, unwirsch).
Madame!

Alison.

Er hat's verdient!

Robinet.

Ach was, 's ist dummes Zeug,
Was der Windbeutel uns da vorgeplappert
Vom Adamsapfel, oder was es war!
Das kann ich auch, wenn's not thut! Und Ihr küßt ihn!

Junker (eifersüchtig).

Sein Spruch, der hatte weder Hand noch Fuß,
Die Nutzanwendung fehlte und das „item"!

Robert.

Na, na, für jene laß' ich Euren Freund,
Und Euch, Herr Junker, für das item sorgen!]

Robinet (übermäßig lachend).

Hoho! Er meint wohl, daß wir raufen würden.
Hoho! Wir streiten! wir! die besten Freunde!
Was meinst du, Junkerchen? —

Junker (meckert).

Alison.

Ei nun, ich dächte,
Ihr hättet eben es gezeigt!

Robinet.

Wieso? —
Ein kleiner Zank, der kommt ja manchmal vor,
Auch unter guten Freunden!

Alison.

Kleiner Zank?

Robinet.

Wir sind die letzten, die nicht Spaß verstehn!

Junker.

Nur müßt Ihr nicht mehr mit so groben kommen!

Robinet.

Ach was, du darfst nicht so empfindlich sein!

Junker.

Ich war doch nicht empfindlich, nein, im Recht!

Robinet (hält etwas an).

Robert (zu Alison, leise).

Paßt auf, Madame, sie sind im besten Gange!

Junker.

Es war nicht schön von Euch! Es traf mich hart!

Jeanne (zu Jules).

So sei doch still!

Robinet (kollernd).

Du weißt, ich bin Soldat!

Junker.

Und ich ein Edelmann!

Robinet.

Laß endlich mich
In Ruh' mit deiner Edelmännerei!

Junker.

Herr! — —

Robinet.

Herr! —

Jeanne (ihn hindernd).

Gib nach!

Junker (sich freimachend).

Ich lass' mir viel gefallen,
Allein mein Adel! — Herr, was seid denn Ihr?

Robinet (barsch).

Soldat! Und nun — —

Junker.

Da seid Ihr etwas Rechts!
Im ganzen Reiche ist das edle Haus

Der Gobelureaux das älteste und größte,
Gibt selbst dem Königshause wenig nach — —

Robinet.

Ich hab' den Abel mir im Feld geholt!
Der Connétable war mein bester Freund,
Mit Herzog Moritz stand ich „du auf du",
Und an dem blut'gen Tag von Sievershausen —
Habt Ihr von Sievershausen schon gehört? —
Da machte er mich noch zum Kapitän —
Und starb in meinem Arm — Gott hab' ihn selig!
'z war seine letzte That! — Und diese Schmarre —
Schau her, du Tropf! — zog mir der tolle Albrecht
Am selben Tag höchst eigenhändig über —
Hut ab davor! 'z ist Brandenburger Arbeit!

Junker.

Ihr flunkert's jedem vor, doch jeder weiß:
Ein eifersücht'ger Knecht von Eurem Vater,
Der seiner Zeit ein Pferdeschlächter war —

Robinet
(stürzt mit gezogenem Degen auf ihn, er flüchtet hinter den Tisch.
Ha! Lügner!

Jeanne (Robinets Knie umklammernd).
Laßt ihn!

Junker (triumphierend).
So? — Noch gestern hat's
Die dicke Margot aus dem Fischergäßchen — —

Robinet (Jeanne abstreifend).
Das mir, du Schuft!
(Er will ihn verfolgen, Alison tritt in den Weg.)

Alison.

Kalt Blut! Herr Kapitän! —
Was sagt Ihr nun? — Ihr habt Euch doch gezankt,
Und wie! — Hat unser Freund nicht recht gehabt?

Robinet.

's ist keine Kunst, wenn so ein Edelmann
Sich wie ein Simpel aufführt!
(Stößt wütend seinen Degen in die Scheibe.)

Alison.

Ei und Ihr?
Ihr habt Euch auch nicht sehr gescheit benommen!
Dankt's meiner Laune, meiner Fröhlichkeit,
Daß ich Euch mehr verlache, als Euch zürne!
Und weil ihr doch so gute Freunde seid,
Daß ein Zank mehr euch weiter nicht bekümmert,
So heiß' ich noch einmal, bei meinem Zorn! —
Euch wieder zu versöhnen! Thut ihr's nicht,
Heb' unverzüglich ich die Tafel auf!

Robert.

Hurr —! (Besinnt sich, leise.) Thut es, Herrin! Schickt die
Bullen fort!

Alison (ebenso).

O nein! Ich will mich gründlich amüsieren,
So dumm sie sind — nein grad' an ihrer Dummheit!

Robinet (nach bedauerlichem Blick auf den Tisch und Alison).

Ihr seht — ich bin wie Wachs in Eurer Hand —

Robert (gegen das Haus).

Drum läßt so leicht sich seine Nase drehn!

Robinet.

So biet' ich meine Hand, weil Ihr's mich heißt.

(Robinet und der Junter geben sich zögernd die Hände.)

Alison.

So recht! — Nun an den Tisch! — Und — keinen Rückfall!

(Sie setzen sich.)

Robinet.

Nun hoff' ich endlich doch zu essen! — Bursch'!
Gib den Kapaun her, wenn Madame erlaubt,
So will ich ihn zerlegen!

Robert (die Platte nehmend).

Heil'ge Gertrud!
Ich bin verloren, wenn du mir nicht hilfst!

(Trägt so langsam er kann den Kapaun den weitern Weg um den Tisch.)

Robinet.

Warum denn da herum?

Robert (die Platte vor Robinet hinstellend).

Ich war zerstreut! —
Sankt Gertrud hilf! — Er frißt ihn mit den Augen! —
Er wendet ihn! — Er zieht das Messer ab! —
Nun schneidet er! — O Teufel, meine Seele
Verschreib' ich dir — — O Gott, ich atme wieder!

Robinet (das Besteck hinlegend und an der Halskrause zupfend).

Mir ist ganz schwül geworden! — Gnäb'ge Frau!
Wenn Ihr's erlaubt, leg' ich die Krause ab,
Und mach' es mir bequemer!

Alison.

Wie's beliebt!

Robinet.

Noch eine Bitte hätt' ich —-

Alison.

Nun?

Robinet.

Könnt Ihr
Vielleicht von Eurem Gatten leichte Schuhe
Mir geben lassen? Meine schweren Stiefel — —
Ich weiß nicht — drücken mich — —

Alison.

Sehr gerne, Herr!
Jeannette sei so gut!
(Jeanne geht unwillig ins Nebenzimmer ab und kommt mit Schnabel=
schuhen zurück.)

Robinet
(steht auf und setzt sich auf einen andern Stuhl im Hintergrund).
He! Bursch', komm her! —
Zieh mir die Stiefel aus!

Robert (gegen das Haus).
Nun Gott sei Dank!
Ich lebe wieder auf! Ich bin gerettet,
Und mein Kapäunchen auch!

Robinet.

He, bist du taub!
Du hast wohl Watte in den Ohren, Kerl!

Robert (unschuldig).

Wie! —

Robinet.

Da, zieh mir die Stiefel aus!

Robert (legt die Hand ans Ohr).

Was?

Robinet (brüllend).

Kerl!

Die Stiefel!

Robert (kühl).

Geht nicht!

Robinet.

Was geht nicht!

Robert.

Das Ausziehn!

Alison (verzweifelt lachend, sich die Ohren zuhaltend).

Gerechter Gott!

Jeanne (weinend).

Nun geht es wieder los!

Robinet.

Ich spieß dich auf wie eine tote Lerche!
Du willst die Stiefel mir nicht ausziehn, Kerl?

Robert (kühl).

Ich habe kein Scharnier im Rücken, (betonend) Herr!

Robinet.

Was haft du nicht?

Robert (mit größerem Nachdruck).

Herrrr! Kein Scharnier im Rücken.

Robinet (in höchster Wut).

Zum letztenmal!

Robert.

Zum letztenmal!

Robinet.

Madame!

Gestattet Ihr, daß ich ihn züchtige!

(Alison schaut ängstlich auf Robert)

Robert (sie pfiffig anblinzelnd).

Erlaubt's ihm, gnädige Frau, ich bitte drum!

Alison (sie musternd).

Ihr hört!

Robinet.

Habt Ihr 'ne Peitsche in der Nähe?

(Erblickt eine Reitpeitsche am Hirschgeweih.)

Ha! (Stürzt auf sie zu.)

Robert (in anderm Tone).

Soll es da hinaus? Bin auch dabei! (Ergreift sein Rapier.)
Heraus mein Raufer, treuer Kamerad! — —
Hoho! Paßt auf! Ihr sollt mich kennen lernen!
Madame, er hat aufs schwerste mich beleidigt.

Wenn's Euch gefällt, so messen wir die Klingen!
Ich bitte Euch, erlaubt's! (Leise.) Der Kerl ist feig!
Ich setz' mein Wort, kein Tröpfchen Blut soll fließen! —

Alison.

Ich geb' Euch volle Freiheit!

Robinet.

Holla, Bürschchen!
Ich will dich bücken lehren! Nur heran!
(Droht mit der Peitsche.)

Robert.

Grad ist mein Rücken und er beugt sich nur
Vor Gott, vor meinem Kaiser und vor Frauen,
Und das nur ungeheißen! Sonst vor niemand,
Am wenigsten vor Euch! — Nehmt Eure Wehr! —
Auf die Mensur! — Macht vorwärts —

Robinet (den Degen ziehend, für sich).

Toller Kerl!
Ich glaub', der Teufelsbraten macht gar Ernst!
(Laut.) Ich wollt' dir anders zwar den Rücken gerben,
Doch hast du Lust nach eingeschlagenem Schädel,
Mir soll es recht sein!

Robert.

Also gut! — pariert! (Er stößt zu.)

Robinet (zurückzuckend).

Na, na, so warte doch und stoß nicht zu,
Bevor ich mich gedeckt!

Robert (zwei rasche Hiebe thuend).

So deckt Euch doch!

Robinet (für sich).

Der Kerl macht wirklich Ernst! Jetzt wird es kritisch!
(Laut.) Ihr habt schon recht, allein bedenkt nur eins:
Wir können doch nicht ohne Zeugen fechten.

Robert.

Ah basta! Nehmt den Junker Euch zum Zeugen —

[**Alison** (lachend).

Und Ihr nehmt mich dann —]

Junker (zitternd).

Ich für meinen Teil —
Ich bitte drum, mich aus dem Spiel zu lassen!

Jeanne.

Sein Blut ist viel zu nobel —

Alison.

Hasenfuß!

Robert.

Wozu auch Zeugen? Vorwärts denn! pariert! (Hieb.)

Robinet.

Sehr richtig junger Mann! Wozu auch Zeugen?
Allein ein andrer Punkt, der kitzlicher:
Wir müssen erst doch einen Feldscher haben,
Wer soll denn Eure vierzehn Löcher flicken?

Robert.

Ich will schon sorgen, daß ich keins bekomme,
Und die ich Eurem dummen Schädel schlag,
Die kann ich ja zur Notdurft selber stopfen.

Robinet (für sich).

Der Kerl ist rabiat! Was sag' ich nur? —
(Laut.) Ich hab' nur Angst, ich könnte tot Euch schlagen,
Mein junger Herr!

Alison.
Er sagt schon „Herr" zu ihm!

Robert.

Ich hab' das Reden satt, Blut will ich sehen!
(Fällt mit einem Tiefstoß aus. Robinet hüpft beiseite, Jeanne kreischt.)

Jeanne.
Jesus! Ich mein', er sei schon durch und durch!

Alison.
Die Stiefel scheinen nicht zu schwer zum Hüpfen!

[Robinet.
Ich bitt' Euch, gnäb'ge Frau! denkt an die Schmach!
Mit einem Knaben mich zu schlagen!

Alison.
                              Ei! —
Wenn Ihr Euch weigert, ist sie doch noch größer!

Robinet.
Allein im Zimmer und vor Euren Augen?

Alison.

Meint Ihr, daß ich noch niemals — Blut gesehn?

Robinet.

Doch Menschenblut, Madame, Menschenblut!
Ein fahrender Scholar ist auch ein Mensch. —

Robert.

Sehr gütig, aber — —

Robinet.

Einen Augenblick!
Was thäten wir, wenn Euer weich' Gemüt
Mitleid'ger Ohnmacht widerstehn nicht könnte?

Alison.

Mein Hannchen weiß ja, wo das Fläschchen steht.

Robert (vordringend).

Wird's denn nun bald? — Ich habe Durst, Herr! — Durst —
Nach meiner Ehre und nach Eurem Blut.
Blut will ich sehn, dein Blut! — So steh! Pariere!]

Robinet (ausweichend).

Erlaubt doch, bester Herr! — Nur auf ein Wort!

Robert.

Nichts da! — parier! — bei Gott, ich stech' dich tot,
Und spieß' dich wie 'nen Käfer an die Diele!
Eins! — zwei! — parier doch! — drei! — —
(Robinet läßt den Degen fallen)
So heb ihn auf!

Robinet.

Ich kann nicht mehr, wahrhaftig!

Robert.

So, nicht mehr?
Haſt du bis jetzt gekonnt?

Robinet.

Nein, laßt Euch ſagen,
Warum ich noch nicht ſchlug! — Ich hab' mir neulich
Beim blutigen Zweikampf das Handgelenk
Verſtaucht! Sonſt hätt' ich meinen Mann geſtellt —
Den Teufel auch! meint Ihr, ich hätte Angſt?

Robert.

Was bleibt noch übrig? Da mit blanker Waffe
Du jegliche Genugthuung verweigerſt,
Du feiger Hund! ſo bitte drum mir ab!

Robinet.

Was ſoll ich thun?

Robert.

Abbitten! — biſt du taub?
Du haſt wohl Watte in den Ohren, Kerl!

Robinet.

Nun! — daß Ihr Ruhe gebt, nehm' ich's zurück —

Robert.

Genügt mir nicht! —

Robinet.

— Ich zieh' sie selber aus!

(Schickt sich an dazu.)

Alison.

Behaltet sie nur ruhig an und macht,
Daß ihr mir beide aus dem Hause kommt!

Robinet und der Junker.

Was — gnäd'ge Frau!

Jeanne (sich an Jules klammernd).

Nein, du nicht! Du bleibst hier,
Ich lasse dich nicht gehn.

Alison.

Nein, fort mit beiden!
Was ihr gebracht, das könnt ihr wieder haben,
Schickt nur Frau Crache, meinetwegen heute noch. —
Weiß Gott! wenn ich fast krank mich nicht gelacht,
So könnt' ich ärgern mich — — Gott! Was ist das?

(Lauscht erschrocken.)

Fünfter Auftritt.

(Man hört draußen einen Lärm.)

Jeanne.

Jesus! Der Herr!

(Robinet und Jules stehen entsetzt.)

Alison (tonlos).

Ich bin verloren!

Robert.

Teufel!
Sagt, ist das Haus verriegelt? — Nicht? — Nur schnell!

Jeanne.

Ich will es thun! (Eilt hinaus.)

Robert.

Kopf hoch, Madame, und Mut!
Wir wollen retten, was zu retten ist.
Wohin mit diesen?

Robinet und Jules.

Ja! wohin? — wo fliehen?

Alison.

Es ist kein Ausweg!
(Jeanne kommt zurück.)

Robert.

Nun in ein Versteck!

Robinet und Jules.

Wo? — wo?

Robert.

In den Kamin, da sind sie sicher.
(Die beiden drängen, sich gegenseitig wegstoßend, zum Kamin. Robinet
schleudert den Junker zurück.)

Robinet.

Ich hab' den Vortritt! (Schlüpft hinein.)

Junker (fast weinend, nachdrängend).

Mach doch mir auch Platz.

Robert.

Nun, Hannchen, schnell die Sachen eingepackt!
(Sie packen die Speisen und Flaschen in den Korb.)

Gautier (draußen, entfernt).

He! holla! aufgemacht! (Klopft.)

Robert.

Mut! gnäd'ge Frau!
Sucht einen Augenblick ihn aufzuhalten!

Alison (das Fenster öffnend).

Wer ist da? — Gott! er wird mich töten!

Gautier.

Ich!

Alison.

Was sag' ich nur? — Wer ist's? Ich kenn' Euch nicht!

Gautier.

Ich bin es nur! mach auf!

Alison.

Kommt morgen wieder!
Ich lasse niemand mehr so spät herein!

Gautier (an dem Hausthor trommelnd).

Zum Donnerwetter! Ich bin's ja, dein Mann!
Ich, Gautier Grommelard auf Châtelet!

Jeanne
(einen Augenblick ans Fenster eilend, kreischend).

Macht ihm nicht auf, Madam', es gibt so Kerle,
Die machen alle Stimmen nach! — Gebt acht!

Gautier (wütend).

Daß dich die Pest! — Ich breche dir den Hals! —
Ich renn' die Thüre ein! (Wettert dagegen.)

Alison (zitternd).
Ja, bist du's wirklich?

Gautier.

Ja, wer denn sonst? cré nom de Dieu! — Mach auf,
Und laß mich nicht bis nächste Ostern warten,
Ich berste so wie so vor Wut! Mach auf!
(Klopft fort und fort.)

Robert (mit dem Einräumen fertig).
Wohin den Korb?

Alison.
Zu hinterst in die Kammer!
(Robert schleift ihn hinein; Jeanne nimmt die Degen und Hüte
(Barette) vom Hirschgeweih und reicht sie in den Kamin.)

Jeanne.
O, liebster Herzensjunker! muckse nicht!

Junker (kläglich).
Nein, nein! — O, wär' ich doch zu Haus!

Robinet.
Ich auch!

Alison (zu Robert).

Nun geh ins Bett — zwei Stiegen — auf dem Boden.

Gautier (wütend).

Nun, wird's bald? Höll' und Teufel! — auf, macht auf!
(Wettert bis zum Schluß bröhnend gegen die Thüre.)

Alison.

Die erste Thüre rechts — nicht links — verstehst du?
Und sei ja still!

Robert.

Gewiß! — Nun, gute Nacht!
Mög' dieses Abenteuer glücklich enden —

Jeanne.

Sonst kann's ein teurer Abend werden! — fort!

Robert (abgehend, gegen die Kammer).

Abieu, Kapaun! — Der Teufel hat's gefügt!
(Ab mit seinen Sachen.)

Alison.

Und du — schließ auf!

Jeanne.

Madam', ich hab' so Angst!
Er bringt mich um!
(Sie geht weinend hinaus.)

Alison.

O, Gott! wie wird das werden!
Es ist mein Tod — mein Tod — ich fühl' es kommen!
O, großer Gott! wie strafst du meine Sünde!
(Steht händeringend da.)
(Der Vorhang fällt.)

Dritter Aufzug.

Erster Auftritt.

Alison (steht in derselben Haltung wie am Ende des zweiten Auf-
zugs vor der Thüre; man hört) Gautier (herankommen).

Gautier.

Wo ist das Weibsbild, das verdammte? — Jeanne!
Wo steckt sie? — Jeanne! (Er tritt ein; er hinkt ein wenig.)

Alison.

O, liebster Gautier — —

Gautier.

Aus meinen Händen ist sie weggeflitzt —
Her soll sie kommen, daß ich ihr den Hals — —

Alison.

O, sag doch, bester Mann, was ist geschehn?
Warum bist du zurück — —

Gautier
(Hut und Degen in einen Winkel schleudernd).

Erwisch' ich sie,
So mag ihr Gott genaden! — daß die Pest!
Was macht ihr mir nicht auf? Was laßt ihr mich

In Nacht und Nebel vor der Thüre stehn,
Die Kehle heiser brüllen und bie Fäuste
Mir blutig trommeln? he? was soll das heißen?

Alison.
Bedenk doch unsere Angst —

Gautier.
Vor wem? — vor mir?
's ist nett, verdammt nett, wenn die eigne Frau
Des Mannes Stimme nicht mehr kennen will —
Ich schrei' wohl wie ein Nachtrab' oder Uhu?
Und dies verfluchte Weibsbild —

Alison.
Thu ihr nichts —
Sie hat es gut gemeint —

Gautier.
Hol sie der Geier!
Ich dresch' ihr noch die gute Meinung aus,
Daß ihre Flöhe drob die Köpfe schütteln!
Verflucht nochmal!

Alison.
Wir waren so erschreckt —
Und ist's ein Wunder? — Sieh, wir dachten dich
Fast halbwegs Monterau — —

Gautier.
Ja, wenn die Hexe — (Hält inne.)
Verdammt! — was ist denn das für eine Luft?
Es riecht so fremd! — der Teufel weiß wonach!
(Schnüffelt zornig.)

Alison (entsetzt).

O Gott! er merkt es — —

Gautier.

Alle Fenster zu?
Es ist ja zum Ersticken! (Hinkt nach einem und reißt es auf.)

Alison (aufatmend).

Gott sei Dank!
Laß doch, ich will schon — — aber, Gautier, sag,
Was ist dir zugestoßen? Gott! du hinkst!
Bist du verletzt? — wie kam es denn?

Gautier
(zu einem Stuhle hinkend, denselben, auf welchem Robinet gesessen,
grollend).

Ach was!
Was fragst du noch! Wir haben umgeschmissen!
Ein Rad entzwei, und meine Hüfte auch,
Jetzt muß ich noch ein Vierteljahr lang hinken,
Dran ist nur die verdammte Hexe schuld —

Alison.

Du ärmster Mann! Doch wenn die Hüfte schmerzt,
Willst du nicht lieber gleich zu Bette gehn?

Gautier.

Den Teufel will ich jetzt zu Bett!

Alison.

Doch, Gautier! —
Es wäre wirklich gut, du wirst es sehn —
Ich will dir einen kalten Umschlag machen!

Gautier.

Ach dummes Zeug! Ich hab' 'ne Wut in mir,
Daß mich ein Schlag minutlich treffen kann!

Alison.

Drum wär' es besser, Mann — —

Gautier.

Laß mich in Ruhe!
Und schafft mir eine andre Kühlung her!
Laß einen Krug Burgunder holen! — Jeanne!
He, Jeanne! — Jeanne! — Wo steckt die Bestie denn?

Alison (zögernd).

Thu ihr nur nichts — sie war wie ich voll Angst —

Gautier.

Du sollst sie rufen! — Wird's bald? —

Alison.

Doch versprich mir —

Gautier (ärgerlich).

Nun ja denn! — — Eigensinn'ge Weiber!

Alison (hinausrufend).

Jeanne!
Wo bist du? — komm!

Jeanne (vor der Thüre auftauchend).

Er wird mich sicher schlagen!

Alison.

Nicht doch! — hab keine Angst!

Gautier.

Wein holen sollst du!

Haft du verstanden? — he?

Jeanne (zitternd).

Ja, gnäd'ger Herr!

(Nimmt vom Büffet einen Krug und huscht ängstlich davon.)

Gautier (nachrufend).

Doch laß mich keine sieben Jahre warten!
Ob du's gehört haft, frag' ich dich?

Jeanne (von außen).

Ja, Herr!

Gautier.

Der Satan mag das Weibervolk regieren!
Wenn das nicht zittert, wird es faul und frech!

Alison.

O, bester Mann, du ärgerst dich zu sehr! — —

Gautier.

Das soll mal einer nicht — —

Alison.

Es wird dir schaden —

Gautier.

Kann ich dafür? — Da sitz' ich — sieh mich an! —
Wie eine Bombe, die am Platzen ist — —

Alison.

Drum, liebes Männchen, folg mir, geh zu Bett!

Gautier.

Zum Henker mit dem Bett, sag' ich nochmal!
Raum muß ich haben, wenn's zum Platzen kommt,
Damit die Stücke besser fliegen können!

Alison.

Was soll ich thun, um sanfter dich zu stimmen,
Und die Gewitterwolken zu verscheuchen,
Die schwarz und schwer von deinen Brauen hängen?
Komm, Gautier, liebster, sei doch wieder gut —
Ich küss' nicht gern so einen bittern Mund!
(Jeanne ist eingetreten, stellt einen Krug auf den Tisch, holt dann
ein Glas.)

Gautier.

Mir ist jetzt nicht ums Küssen! — schaff mir lieber
So zwei, drei Kerle her, sie umzubringen —
         (Alison und Jeanne schrecken zusammen.)
Es zuckt und prickelt mir in allen Fingern,
Als müßt' ich heute jemand noch zerkrümeln!
Was machst du denn für ein Gesicht, zum Geier!

Alison (mühsam).

Du — sprichst — so fürchterlich — ich habe Angst — —

Gautier.

Ach Unsinn! — Hab' ich dich gemeint? — Schenk ein!
Wo bleibt der Mathieu denn? — Sagt' ich dir nicht,
Du sollst ihn schicken? —

Jeanne (bebenb).

Nein, das habt Ihr nicht — —

Gautier.

Was? nicht?

Jeanne.

Gewiß nicht, sonst —

Alison.

Ich hörte auch nichts — —

Gautier.

So schaff ihn jetzt! — (Jeanne eiligst ab.) Der Aerger
nimmt kein Ende!
Es ist, um einen Schüttelfrost zu kriegen!
Mich friert's auch wirklich schon! — Na — nu — natürlich!
Da steht ein Fenster auf, sperrangelweit!

Alison.

Du hast ja vorhin selbst — — (Schließt das Fenster.)

Gautier.

Mach's wieder zu! —
Und laß ein Feuer machen! —

Alison (entsetzt).

Feuer? wo?

Gautier.

Das ist 'ne Frage! — wo? — wo? — wo denn?
Ich denke im Kamin!

Alison.

Aber, lieber Mann!
Ich bitte dich, wir sind ja im August!

Gautier.

Das ist mir alles eins! ich sag', mich friert!
Und wenn mich friert — —

Alison.

's ist nur ein kleiner Schauer,
Der rasch vorbeigeht! bist ja so erhitzt — (schmeichelnd)
Mein wilder, starker Mann! —

Gautier.

Allein ich sag' — — (Ablenkend.)
Wo bleibt der Lümmel denn, das möcht' ich wissen!
Mathieu! — Mathieu!! — Kreuzbombenelement!
Ich bring' bir Feuer in die lahmen Beine! —

Zweiter Auftritt.

Die Vorigen. Mathieu (eiligst hereinstürzend, nach ihm auch Jeanne).

Mathieu. Da bin ich schon, gnädiger Herr — —
Gautier. Was? — schon? — Kerl! für dieses
„Schon" laß ich bir morgen fünfundzwanzig auftragen! —
Wo steckst bu?
Mathieu. Hier, gnädiger —
Gautier. Wo du gesteckt hast, Halunke?
Mathieu. Die Gäule habe ich gefüttert und das
Haus geschlossen —
Gautier. Zieh mir die Stiefel aus!
Mathieu. Ja, Herr! — (Schickt sich dazu an, zieht
und rüttelt.)

Gautier. Na, wird's bald?

Mathieu. Das wollen wir gleich haben! — Ich will nur erst in die Hände — — (Spuckt in die Hände und zerrt dann wieder.)

Gautier (sich am Stuhle festhaltend). So zieh doch nicht wie ein Joch Ochsen — oder — —

Mathieu. Uf! (Der eine Stiefel geht; er spuckt wieder in die Hände und zieht nun den andern.)

Gautier (zu Jeanne, die im fernsten Winkel steht). Schuhe! (Jeanne will ins Nebenzimmer.) Blindes Huhn! Da stehen ja! Wie kommen denn die daher? —

Jeanne (die für Robinet gebrachten aufnehmend). Ich weiß nicht — ich glaube — ja — die gnädige Frau wollte ein Muster schneiden zu einem Paar Pantoffel für Euch!

Gautier (befriedigt). So?! — Na, gib sie her! (Jeanne nähert sich vorsichtig.) Etwas forsch! — Verstanden? — Was hast du zu zittern? Wirst du das Zittern lassen? — wirst du das Zittern lassen, frag' ich dich?

Jeanne. O, liebster, gnädigster Herr — ich zittere ja nicht — —

Gautier (behaglich grausam). So? — Du zitterst nicht? Ich will mich hängen lassen, wenn du nicht aussiehst wie ein Teller Gallerte! (Zieht die Schuhe an.)

Mathieu. Kann ich jetzt gehn? Herr!

Gautier (gemütlich). Mach, daß du fortkommst! — (Mathieu ab.)

Dritter Auftritt.

Die Vorigen ohne Mathieu.

Alison.

Es freut mich, daß du wieder fröhlich bist — —

Gautier.

Noch nicht! Doch gib mir einen frischen Trunk
Und lach mir etwas vor, daß ich vielleicht

Den heut'gen Aerger aus dem Magen bringe!
Es schüttelt mich, wenn ich dran denke! — brrr! —
(Alison bringt ihm ein Glas; er trinkt.)
Nun laß mir auch etwas zum Essen richten! —
Ich spüre einen echten Bärenhunger — —
Ja ja, das kommt davon — der Aerger zehrt!

Alison.

Was möchtest bu?

Gautier!

Was und soviel du hast!
Ich freff' dir Küch' und Kammer ratzekahl!

Alison.

Warm ober kalt?

Gautier.

Das bleibt sich wieder gleich!
Nur schnell, ich sterbe sonst vor deinen Augen;
Hast du denn keinen Bissen bei der Hand?
(Geht zum Büffet und öffnet mehrere Fächer.)

Alison (zu Jeanne).
Sieh in der Küche nach! doch eile dich!

Gautier.
Da steht ja eine Schüssel Sauermilch.
(Alison erschrickt.)
Was hast du es nicht gleich gesagt? — Ich mein',
Wenn in der Not der Teufel Fliegen frißt,
So zwing' ich auch noch eine dicke Milch!
(Nimmt sie zum Tisch und fängt an zu löffeln.)

Da sind Brosamen drauf! — Hinunter mit —
Ist ja kein Gift!
(Ißt weiter, Alison sieht beklommen zu; nach einer Pause.)
Warum bist du so still?
So plaudre doch ein bißchen! — Ei zum Kuckuck,
Das seh' ich eben erst — wie siehst du aus? —

Alison (befremdet).

Wie?

Gautier.
Nun, in anderm Kleid und Blumenschmuck?

Alison.
(sich abwendend und ihren Schreck verbergend).
O — nur ein Scherz — um mir die Zeit zu kürzen —
Was thut man nicht vor Langeweile — —

Gautier (munter).
Ja! —
Besonders aber, wenn man jung und hübsch!
Wie? — Ja der Spiegel und der liebe Putz!
Na, schäm dich nicht und laß die Knospe stecken!
Komm einmal her!
(Alison tritt befangen zu ihm, er zieht sie an sich und steckt ihr die
Rose wieder an den Busen.)
Wie nett das Rot dich kleidet!
Fast wie ein Pfirsich sieht dein Köpfchen aus —
Wär' ich ein Schmetterling, ich flöge drauf! —
O weh, dein alter Kerl wird noch poetisch — —
Ein Schmetterling von hundertneunzig Pfund! —
(Küßt sie lachend und macht sich wieder an die Milch.)

Alison (bewegt).
Mein guter Mann! — (Beiseit.) O Gott! hätt' ich den Mut,

Gött. Verbotene Früchte.   6

Ich würde reuig vor ihm niederstürzen — —
Alles gestehn — —

Jeanne (tritt wieder ein mit einer Platte).

Da ist noch kalter Braten — —
(Stutzt, stellt die Platte geschwind auf den Tisch und wendet sich ab,
in die Schürze kichernd.)

Gautier (gutmütig, ohne umzusehen).

Was lacht die Krabbe?

Jeanne.

Ach, mich lächert's halt — —

Der gnäb'ge Herr mit einer Sauermilch!

Gautier.

Was ist dabei zu lachen? — schaff mir Brot!

Jeanne.

Da ist schon! — (Leise kichernd zu Alison.)
Hat Madame gesehn? Das ist ja — —

Alison (leise, aber scharf).

Schweig still! — und geh sofort in deine Kammer,
Und kleide schnell dich um — —

Jeanne (begreifend).

Herr Jesus, ja! (Schnell ab.)

Vierter Auftritt.

(In demselben Augenblick stürzt) **Mathieu** (herein, Jeanne unter der Thüre beiseit schiebend).

Mathieu. Gnädiger Herr! — gnädiger Herr!
Gautier. Wo brennt's?
Mathieu. Wie ich grab' ins Bett will — da mein'
ich, ich höre in dem Mädel seinem Zimmer schnaufen! —
Ich horch' und horch' — und richtig, 's ist so! — Ich
zieh' meine Hosen wieder an — schleich' mich hin —
mach' subtil die Thür auf und seh' 'rein — und Sakra!
— da liegt ein fremder Kerl in Hannchens seinem Bett
— und da — —
Gautier (fährt auf und steht starr).

Alison (schreit auf, dann bebend).
O, lieber Mann! — ein fahrender Scholar,
Dem ich — — (Verstummt vor dem Blicke Gautiers).

Gautier (seinen Degen suchend, leuchend).
Was soll das heißen! — Tod und Teufel!
Männer hat sie im Hause! — Männer! — Männer!
(Stürzt fort.)

Fünfter Auftritt.

Alison (folgt ihm bis zur Thür und ruft nach).
Gautier! — Gautier! — O Gott, er wird ihn töten!
(Lehnt verzweifelt am Pfosten.)

Der Junker (halb weinend).
So laß mich! Laß mich doch!

Robinet.

Nein, dageblieben!
Meinst du, daß ich allein hier sterben will,
Indes du Schurke durch den Schlot entfliehst;
An beine Beine häng' ich, wenn du's thust —
Du feiger Hund — doch still, ich hör' ihn kommen.
(Der Lärm erstickt in einem Gewimmer des Junkers.)

Sechster Auftritt.

(Man hört braußen ein schweres Gepolter, mit zornigen Rufen unter=
mischt.) Gautier (bringt) Robert (herein, ihn am Genick haltend;
hinter brein) Mathieu (der seine Aermel auftrempelt).

Gautier.
Zur Hölle mit dem Kerl! — bet einen Spruch!

Robert (sich windend).
So gebt mir Luft dazu!
(Entreißt sich ihm und springt hinter den Tisch, wo er sein Wams
zuknöpft.)

Alison (Gautier umschlingend).
O, Gautier, höre!

Gautier.
So laß mich los!

Alison.
Was hat er denn verbrochen?

Gautier.
Nein, sterben muß er! sterben!

Robert.

Glaub' es ja!
Das müssen alle, 's ist ja Menschenlos!
Doch bitt' ich Euch, laßt mich bis dahin leben!

Gautier (verdutzt).

Was sagt der Kerl! (Mustert ihn und wird ruhig).

Robert.

Beschaut mich nun im Licht!
Hab' ich ein Ansehn wie ein Galgenvogel?
Ein armer Bursche bin ich, wie Ihr seht,
Doch ehrlich ist mein Herz wie mein Gesicht,
Und unrecht hättet Ihr, mich umzubringen!
Madame hat gütig mir ein Dach gewährt,
Als wegemüde ich ans Thor gepocht — —
Fragt sie nur selbst, wie ich darum gebettelt!

Gautier.

Ich will bir's glauben, doch begreif' ich nicht,
Warum sie mir kein Wort davon gesagt!

Alison.

Ich wollt' es schon, allein du warst so zornig,
So aufgeregt, daß ich es nicht gewagt!

Gautier.

So sind die Weiber! Immer hinten 'rum!
Du weißt, ich kann's nicht leiden! — Doch, mein Bürschchen,
Wie kommst du in Jeanettens Kammer denn!

Robert.

Ich weiß es nicht — ich muß wohl rechts und links
Im fremden dunklen Haus verwechselt haben —

Mathieu. Faule Fische, Herr! — Alles verlogen!
— denn wie ich ins Zimmer komm', und so an das Bett
schleich', und er aufwacht — — da macht er: „Bst! erschrick
nicht, liebes Hannchen! ich bin's nur!"

Gautier (launig).

Hat man den Vogel? Ah, was sagst du nun?
So jung und schon so schlecht!

Robert.

Das ist doch einfach! ·
Erst als ich jemand in der Kammer merkte,
Da konnt' ich sehen, daß ich mich geirrt!

Gautier.

Na, na, du bist erkannt! Spar alle Mühe,
Der Spaß ist gut, verdirb ihn nicht mit Lügen,
Sonst kannst du auf der Tenne übernachten;
Da liegt es sich hübsch kühl und hart, mein Sohn,
Und dämpft des Blutes allzu große Hitze!

Robert.

Geknickt begrab' ich alles in der Brust,
Was ich zu meinen Gunsten sagen könnte,
Denn wo der Schein spricht, muß die Unschuld schweigen,
Geduldig füg' ich mich in mein Geschick —
Ich bin ein Philosoph — —!

Gautier.

Ein Schelm bist du!
Mathieu. Aber, soll ich ihn jetzt nicht zum Haus
hinauswerfen?

Gautier.

Nein, laß! für diesmal will ich ihm verzeihn,
Doch soll er nimmer sich erwischen lassen!
(Setzt sich wieder zu Tisch.)

Mathieu. 's ist schade! schade! (Streift mißmutig die
Aermel wieder vor und geht.)

Robert.

Ich dank' Euch, gnäb'ger Herr, für Eure Nachsicht —

Gautier.

Ach was! 's ist gut! — Ich bin kein Menschenfresser.
(Jeanne tritt wieder ein im früheren Anzug.)
Doch jetzt zum unterbrochnen Abendbrot —
Und Gott bewahre mich vor neuem Aerger! —
(Zu Robert.) Da, setz dich her! Du kannst mir was erzählen!
(Zu Alison.) Du auch! — Es ist ein ungemütlich Ding,
Wenn ich am Tische sitze und du stehst!

Alison (zum Tische gehend).

Wär' es vorbei! — Wie wird das alles enden!

Gautier.

Gib ihm ein Glas! Wie heißt der Bursche denn?

Robert.

Ich heiße Robert Schwarz! — Auf Euer Wohl!
Und auf das Eure, gnäb'ge Frau!

Alison.

Ich danke!

Gautier (in ben Napf fehenb).

Da, fchau! Jch habe faft ihn ausgelöffelt!
Gib mir ben Braten jetzt herüber, Schatz!
[Was macht ber Burfche benn für ein Geficht?

Robert (ber ein Geficht gefchnitten hat).

Ach, lieber Herr — bie Sauermilch ba —

Gautier.

Nun?

Robert.

Sie heimelt mich fo an, ich weiß nicht wie?]

Gautier.

Wo bift bu benn zu Haufe?

Robert.

Ueberm Rhein! —
Jm fchönen Breisgau meine Wiege ftanb,
Des Schwarzwalbs Tannen haben fie umfchattet,
Unb an ber muntern Dreifam warb ich groß.
Da komm' ich her von Freiburgs hoher Schule,
Unb meiner Wanbrung Ziel ift bie Sorbonne!

Gautier.

Du bift fo jung unb fchon von Haufe fort,
Hat beine Mutter bich benn fortgelaffen?

Robert.

Das ift fo unfre Art! Als meine Beine
Zu lang für meines Vaters Tifch geworben,
Daß ich bie jüngeren Gefchwifter ftieß,

Da war es Zeit, mein Bündelchen zu schnallen,
Auf eigne Faust mich durch die Welt zu schlagen.
Der Vater sorgte für ein neu Gewand
Und gab mir einen Gulden auf den Weg,
Die Mutter einen halben, und ich ging —

Gautier.

Das Geld hast du in Kolmar schon verputzt?

Robert.

Nein, Herr, in Straßburg! — Doch das bleibt sich gleich —

Gautier.

Sehr wahr, denn „hin ist hin", ein altes Lied!
Studententaschen haben keinen Boden,
Und habt ihr Geld, geht's euch wie „Hans im Glück"!

Robert.

Ich brauche keines!

Gautier.

Aber Durst und Hunger?

Robert (geheimnisvoll).

Die weiß ich mir auf andre Art zu stillen —

Alison.

Ja, Gautier, das kann ich ihm bezeugen:
Sein Koch und Küfer sitzt auf seiner Zunge!

Robert.

O, nicht doch, edle Frau! Ihr dichtet mir
Ein nettes Bettlerleben auf den Hals!

Nein, hört: mein Schatz ist die geheime Kunst —
Ich bin Adept!

Gautier (begierig).

Adept? Ei, was du sagst!
Ich hab' mich auch in Alchimie versucht,
Und wenn ich sagen darf, sogar mit Glück!
Ich habe fast den „Stein"!

Robert (beiseite).

Ich den Kapaun!

Alison.

Nun hast du ihm sein Steckenpferd gesattelt!
So reitet wacker, doch verschonet mich — —
Ich will mich retten und zu Bette gehn!

Robert.

O nein! Ich bitte, bleibt! Ich lad' Euch ein: —
Ein kostbar Zaubersprüchlein ist mein Schatz,
Ein Erbe meines Urohms Berthold Schwarz —

Gautier.

Des Nekromanten, der das Pulver fand?

Robert.

Desselben, ja! — Auf einem Bücherdeckel
Hab' ich's entdeckt in altersblasser Schrift,
Und es mit vieler Mühe aufgefrischt!

Gautier.

Was ist es denn?

Robert.

Ich bitt' Euch, seid gefaßt! —
Ich weiß den Zauberspruch vom „Tischlein deck dich!"

Gautier.

Ei, was der Tausend! Nein, das ist nur Spaß!

Robert.

O, Herr, erlaubt mir ein Experiment,
Und eines Beßern seid Ihr bald belehrt!

Alison (erblassend).

O Gott, mir ahnt!

Gautier (sich den Kopf krauend).

Ich glaub', du flunkerst nur!
Allein der Kuckuck weiß, was heutzutage
Nicht alles möglich ist! Na, zu! Laß sehn!
Ich bin begierig drauf!

Alison (flüsternd).

O bitte! — — nicht!

Robert (laut).

Habt keine Angst! Madame! — Kein Schwefeldampf
Und auch kein Pferdehuf soll Euch erschrecken!
Vertraut auf mich! — So laßt also den Gast
Für heute Euch so gut er kann bewirten!
Den Braten weg, Jeanette! — Schade ist's,
Daß Ihr mit Milch den Appetit verdorben!
Nun zaub'r ich Euch auf diesen kahlen Tisch
Im Handumdrehn ein solches Abendessen,
Wie Götter im Olymp es nie gesehn,

Ragouts, Geflügel, köstliche Pastetchen —
(Jeanette fährt entsetzt in die Höhe und starrt begreifend Robert an.)
Und Früchte, Kuchen, Sekt, soviel Ihr wollt!

Gautier.

Blitz schlag ein Rad! — Das soll mal einer glauben!

Robert.

Glaubt nur und seht! Ihr werdet sehn und glauben,
Doch zur Beschwörung muß allein ich sein!
So geht, bis ich Euch rufe!

Gautier.

Laßt mich bleiben!
Das interessiert zumeist mich, wie du's machst!

Robert.

Da müßtet Ihr zuvor vier Wochen fasten,
Und thun, was sonst noch vorgeschrieben ist!
Es ist zuviel, ich will's Euch morgen sagen!
Geht! Wenn Ihr bleibt, verliert der Spruch die Kraft, —
Doch laßt zuerst mir eine Kreide geben!

Gautier.

So kommt denn ihr, es ist ja leider so,
Jede Beschwörung hat die eigne Weise,
Und muß danach geschehen! — Dauert's lang?

Robert.

Zehn Vaterunser lang bis höchstens zwanzig!
Ich ruf' Euch dann! Vergeßt die Kreide nicht!
(Gautier mit Jeanne ab.)

Alison (an der Thür umkehrend).

So wollt Ihr wirklich mich unglücklich machen?

Robert.

Befürchtet nichts! Denn seht, so kommt am besten
Der eine Zeuge fort — —

Gautier (draußen).

So komm doch, Frau!

Alison.

An meine Schande denkt und an mein Elend! (Ab.)

Siebenter Auftritt.

Robert (allein), dann **Jeanne.**

Robert.

[Sie dauert mich — ah bah! —] Nur rasch ans Werk!
(Holt den Korb aus der Kammer und fängt an zu decken.)

Jeanne (eintretend).

O — du! — du! — (Wirft ihm die Kreide hin und will fort.)

Robert.

Halt, mein liebes Hannchen, bleib!
Und hilf mir decken, daß es schneller geht!

Jeanne.

Ich auch noch helfen! Lieber beiß’ ich mir
Die Finger ab!

Robert (emsig weiter machend).

Du sollst mir helfen, oder —
Denk an den gnäd'gen Herrn, wenn ich es sage!
Und wenn du muckſeſt, deck' ich alles auf!

Der Junker (aus dem Kamin).

O thu's doch, thu's doch, Hannchen!

Jeanne.

Liebſter Jules!
Ich kann es nicht, der Zorn frißt mir das Herz!

Junker.

Wenn er's verrät, ſind wir ſo gut wie tot!
Mein Leben retteſt du, ich will es lohnen!

Robinet.

Ich auch!

Jeanne.

Mit was?

Junker.

Ich nehme dich zur Frau,
Wenn du's verlangſt!

Robinet.

Ich auch!

Jeanne (zweifelnd).

Heiraten willſt du —
Gewiß und wahr? Auf Ehr' und Seligkeit?

Junker.

Auf Ehr' und Seligkeit!

Robinet.

Ein Mann, ein Wort!

Jeanne (ungläubig).

Gib mir ein Pfand!

Junker.

Hier hast du meinen Ring!

Jeanne.

Ach, liebster Jules! jetzt will ich alles thun!
(Geschäftig ans Decken.)

Robert (beiseite).

Im Himmel werden Ehen sonst geschlossen,
Die aber riecht verdammt nach Höllenzwang!
(Zum Junker.) Ihr werdet mich doch auch zur Hochzeit laden!
Ich bitte um den ersten Ehrentanz!

Jeanne (drohend).

Ja, komme nur! —

Robert.

Herr Junker, laßt mich nicht
Zum zweiten Male bitten!

Robinet.

Sag doch ja!

Junker.

Ja freilich, Herr! sehr gern!

Robert.

Gebt mir ein Pfand!

Junker.

Ich habe keinen Ring mehr, nehmt die Börse!
(Streckt sie heraus.)

Robert (ihm auf den Arm klatschend).

Wie lieblich sich mein Zauberspruch ergänzt,
So hat noch nie mein Stern wie heut' geglänzt!
Tischlein deck dich, Es'lein streck dich,
Als drittes bleibt noch: „Knüppel aus dem Sack!" —
Er wird schon euren Rücken finden — Pack!
(Macht den Tisch fertig und stellt den Korb wieder in die Kammer.)
Nun fort mit dir, damit der Herr nichts merkt! (Jeanne ab.)
Ich muß noch etwas Hokuspokus machen!

(Zeichnet mit der Kreide Figuren um den Tisch, an alle vier Ecken
den Drudenfuß: dann nimmt er aus dem Spinde ein Tischtuch, stellt
sich auf einen Stuhl vor den Tisch, von dem Eingange aus gesehn,
und hält dasselbe ausgebreitet wie einen Vorhang vor den Tisch.)

Robert.

Nun einen Zauberspruch! — Herein! Herein!

Achter Auftritt.

Gautier. (Hinter ihm) **Alison** (und) **Jeanne.**

Gautier (im Eintreten).

Was lange währt, wird endlich — —

Robert (feierlich).

Staunt und schweigt!
Demütig neigt
Euer menschlich Haupt! —
Selig, wer glaubt!

Gute Geister,
Hört den Meister!
Die Wolke zerreißt ein Sonnenstrahl —
Fort mit dem Schleier! — hier steht das Mahl!
(Läßt das Tuch fallen.)

Gautier (verblüfft).

Wahrhaftig! — ha! — ha schau nur, Lieschen, schau!
's ist ein verwettert Stück von einem Burschen!
Ein Blißkerl! Oder ist's nur blauer Dunst,
Ein Spiegelstück, das unsre Augen äfft —
(Geht um den Tisch herum.)

Robert (zu Gautier).

's ist keine Spiegelei! Riecht mal und schmeckt;
Doch fragt' nicht lang, aus welcher Küch' es stammt!
(Beiseite.) Sonst könnt' Euch leicht der Appetit vergehn!

Gautier (verschiedenes betastend).

Man sollt's nicht glauben! mein Verstand geht durch!
(Zu Alison.) Da fühl mal her! — 's ist wirklich alles echt!
Und Leben und Natur! — Du Sonntagskind,
Das ist ein unerschöpflich Kapital —
Du kannst ja eine prächt'ge Garküch' halten —
So komm denn, Schatz! (Setzt sich behäbig.)

Alison.

Iß nur! Ich möchte nichts!

Gautier.

Warum denn nur?

Alison.

Ich hab' ein Grau'n davor —
Der erste Bissen würde mich ersticken!

Gautier.

Ach was, mach keine Flausen, setz dich her!

(Nötigt sie zum Sitzen.)

Zunächst mal den Kapaun!

Robert.

Ach grade den!

(Zu Alison.) Wollt Ihr nicht die Pastete erst versuchen? —
Ist's Euch gefällig, gnäd'ge Frau?

Alison (ablehnend).

Ich danke!

Gautier (ein Stückchen versuchend).

Ha! delikat! — Der beste Koch von Frankreich
Macht es nicht besser! — Da, versuch doch mal!
Sei nicht so eigensinnig! —

(Drängt ihr etwas auf, sie nimmt es widerwillig.)

Robert (beiseite).

Rasch ins Zeug!

Und hab' ich's wie ein Strauchdieb heut getrieben,
Will ich jetzt sehn, wie die Moral mir sitzt!

(Fängt an zu lachen.)

Gautier (Alison vorlegend).

So, Schatz, da nimm! — Was hast du denn zu lachen?

Robert.

Ach, Herr, da fiel mir just ein Späßchen ein!

Gautier (essend).

Famos! Erzähl uns etwas Lustiges!

Ein munter Lachen stärkt den Appetit,
Und leichtert ausgezeichnet die Verdauung!

Robert.

Ich sage nur, wenn Ihr am Schluß nicht lacht,
So will ich heulen.

Gautier.

Nun denn, los damit! (Ist während der Erzählung weiter.)

Robert.

In meiner nächsten Nachbarschaft daheim,
Da weiß ich einen wackern Edelmann:
Ein schmucker, rüst'ger Herr, so um die vierzig.
Was nur Fortunas reiches Füllhorn birgt,
Das strömte scheffelweise über ihn.
Sein Glück war nur an einem Punkte kitzlich: ·
Ein großer Schatz und auch ein großer Fehler,
Die lagen überzwerch auf seinem Wege. —
Er hatt' ein junges Weib — —

Gautier.
War das sein Fehler?

Robert.

Nun, je nachdem! Vorerst ist das sein Schatz,
Und zwar ein köstlicher! Der Fehler aber:
Der gute Mann war schrecklich eifersüchtig!
(Alison schaut ihn angstvoll an, ihr stummes Spiel begleitet seine
Erzählung.)

Gautier.

Hm! Das ist schlimm!

Robert.

Nicht wahr? — Das schlimmste aber,
Er war es ohne Grund! — Sein Weib war hübsch,
Drum warb sie viel umschwärmt! Denn Weiberschönheit
Ist wie das Licht: es zieht die Motten an.
Der Weise wird sie ruhig schwärmen lassen,
Sich freun, wie sie die frechen Flügel sengen.
Doch unser Edelmann, der war nicht so —
Sein Weib war jung und „Jugend hat nicht Tugend",
Das war sein dummer Schluß und also gab er
Sich alle Müh', sein treues Weib zu quälen
Mit seiner unvernünft'gen Eifersucht!
Das trieb er, bis es sie verdroß —

Gautier.

Natürlich!

Robert.

Die arme Frau, des Mißtrauns überdrüssig,
Erhört den ersten besten Kavalier —

Gautier.

Geschieht dem Dummrian von Mann schon recht!
Was meinst du, Frauchen?

Alison (ihre Erregung bekämpfend).

Ich — ich weiß es nicht!

Robert.

Um nun der Rache süßes Werk zu krönen,
Ersannen beide einen feinen Plan,
Den bösen Drachen aus dem Haus zu bringen.
Ein Reitknecht brachte einen Brief, der ihn
Zum Sterbelager seines Ohms berief,

Er ließ sich kirren, ging und ließ sein Weib
In eines Dieners schlimmer Hut zurück —
Der Diener war der Zwischenträger eben,
Mit Hilfe eines Liebchens in der Stadt!

Jeanne (beiseite).

O du! das geht auf mich! nur umgekehrt!

Robert.

Der Abend kam und brachte den Galan,
Natürlich des Lakaien Schätzchen auch!

Gautier.

Das wird ja immer besser! Ja, 's ist wahr:
Ein Stein im Rollen reißt noch vieles mit!
Nun fehlt nur noch — —

Robert.

    Es wurde nicht so schlimm!
Denn seht, als sie im besten Schmausen waren,
Da kam der Herr zurück!

Gautier.

    Na, Gott sei Dank!

Robert.

Nun kommt das Lustige: der Kavalier,
So dick er war, zusamt der leichten Dirne,
Sie wurden sorglich im Kamin verpackt!
Kompott und Braten kamen in den Schrank,
Und heiter lächelnd, als wär' nichts geschehn,
Trat ihrem Mann die Sünderin entgegen!

Gautier.

Warum kam er zurück?

Robert.

Ja, das ging so!
Im nächsten Städtchen kehrt er durstig ein
Und trifft den kranken Oheim kerngesund
Vor einem großen Humpen Affenthaler.
Der Schwindel klärt sich auf und zornig prustend
Und Unrat witternd fliegt er in den Sattel,
Und kommt ins Haus gestürzt und findet — nichts!

Gautier (lachend).

Der Esel! So was sollte mir passieren!
Warum denn schaut er nicht in den Kamin?

Robert.

Ja, wenn er das geahnt! — Im Gegenteil,
Als seine Wut verraucht, da will er essen,
Und setzt sich hin, den Rücken am Kamin —
Genau wie Ihr! — Und ißt die Brocken auf,
Die ihm die saubre Kumpanei gelassen!

Gautier (sich ausschüttend vor Lachen).

Ho! ho! ho! ho! Ich lach' mich tot! ho! ho!
Er setzt sich hin und frißt die Brocken auf!
Nein, so ein jämmerlicher Lazarus! — (Lacht weiter.)

Robert.

Ja, 's ist ein Spaß!

Alison (das Gesicht auf die Hände stützend).

Ich kann's nicht mehr ertragen!

Gautier.

So lach doch auch! — Da sitzt er am Kamin
Und ißt, und hinter ihm die beiden Schelme!
Braucht sich nur umzudrehn! Der Schafskopf merkt doch
nichts!
So lach doch, Lieschen!

Alison.

Ich kann nicht, ich muß
Zu sehr der Frau gedenken!

Jeanne (leise).

Still! um Gott!

Robert.

's ist wahr! der Spaß hat seine ernste Seite!
Der Frau ist schlimm zu Mut!

Gautier (lachend).

Geschieht ihr recht!
Sie hat wohl eine heidenmäß'ge Angst?

Robert.

Ja, Angst und Kummer! Angst vor der Entdeckung,
Und Kummer um den ahnungslosen Mann!

Gautier.

Der merkt ja nichts!

Robert.

Er merkt es aber doch!

Gautier.

Unb wie!

Robert.

Das weiß ich nicht mehr recht zu sagen!
Genug! am Ende hat er's doch gemerkt!
Doch sagt nun selbst, was glaubt Ihr, daß er that?

Gautier.

Das ist mir eine sonderbare Frage!
Was hat er wohl gethan? Na, umgebracht
Wird er sie haben, alle miteinander!

(Die beiden Frauen erschrecken.)

Robert.

Das hat er nicht!

Gautier.

Das sieht dem Hammel gleich,
Die Dummheit hat ihn wohl so ausgeschlachtet,
Daß er kein Tröpfchen warmes Blut mehr hat!

Robert.

Im Gegenteil! er ist ein hitz'ger Mann,
Ein Mann von Ehre und von Temperament!

Gautier.

Ja, dann versteh' ich nicht!

Robert.

Sogar von Jähzorn!
Und bracht' sie doch nicht um — und zwar mit Recht!

Gautier.

Ihr gebt mir Rätsel auf!

Alison (atemlos).

O weiter! weiter!

Gautier.

Da sieh das Weib! Das nimmt doch gleich Partei!

Robert.

Im ersten Augenblicke freilich, wo
Sprachlose Wut die Faust zum Handeln zwingt,
Da griff auch er zum Dolch — und ließ es doch!

Gautier.

Für meine Zähne ist die Nuß zu hart!
Knack du? warum ließ er's?

Robert (in edlem Feuer).

Warum? — aus Liebe!
(Alison sieht ihn dankbar an.)
Als auf sein bebend Weib er niedersah,
Und ihrer schönen Augen stummer Angstschrei
In die verschloßne Brust so laut ihm drang,
Da goß in einem raschen Augenblicke
Ein guter Geist Erleuchtung in sein Herz:
Er sah, was ihre und was seine Schuld,
Und sah, daß jede wie die andre wog!
Er schaute in das liebliche Gesicht,
Und auf dem Antlitz stand's in klarer Schrift:
Ich bin ein Mensch wie du — drum töt mich nicht,
Du schneidest schmerzhaft in dein eigen Fleisch! —
Wenn ich gefehlt in einer schwachen Stunde,

Haft du ein Recht, den Tod mir drum zu geben?
Und haft als Mann du alles auch gethan,
Dein junges Weib vor Schaden zu behüten?
Haft du geboten, was ein Herz bedarf?
Warum wirfst du mich weg, eh' du geprüft,
Ob meine Reue mich nicht läutern kann? — —
In einem Augenblicke las er dies,
Und zitternd seinen Körper überfloß
Ein Schauer Mitleids und großherz'ger Wehmut.
Was sagt Ihr nun?!

Gautier.

Hm! Hm! was soll ich sagen?
Ich kenn' dich gar nicht mehr!

Robert.

Gebt Ihr ihm recht?

Gautier.

Ich weiß nicht! — doch er hat so unrecht nicht!

Robert.

Nicht wahr? — Doch seht, der erste kleine Ruck
Der Ueberwindung war der erste Schritt
Zum schönsten Sieg — zum Siege über sich! —
Und dieser erste zeugte rasch den zweiten:
Ein Geistesbliß kam glühend über ihn
Und sprengte einen Funken in sein Herz:
Wenn dieses Weib, das doch mein Innres kennt,
Und weiß, wie leicht der Zorn mich übermannt —
Wenn sie nun sieht, wie ich das Allerschwerste
Im Uebermaß der Selbstbezwingung kann —
Das wird ihr schärfer durch die Seele wettern,
Als wie der Föhn durch den vereiften Forst,
Und schärfer wie ein Dolch durch ihre Brust!

Gautier (nachdenklich).

— Hm! glaub' ich selber fast!

Robert.

Und dann noch eins!
Gleich wie ein Knochen, den Ihr einmal brecht,
Wenn er verheilt ist, an des Bruches Stelle
Fast unzerbrechlich wird, so ist's auch hier:
Gebrochne Treue, liebevoll geheilt,
Wird unauflöslich sich zum Knoten schürzen!

Gautier.

Das ist so ohne nicht!

Robert.

Nun hört mich an!
Ich setze bloß den Fall, Ihr kämt dazu,
In solcher schweren Lage zu entscheiden!
Ich möchte wissen, ob auch Ihr die Kraft —
Die Kraft der Liebe hättet, aufzurichten,
Was Ihr im ersten Zorn noch tiefer schlügt?

Gautier (sich krauend).

Ich — in die Lage? — Was ich thäte? — Hm!
's ist etwas kitzlich, und ich hoffe nicht,
Jemals hineinzukommen! — Doch gesetzt!
Je nun! — Der Teufel weiß, es ist zwar leicht,
Dem lieben Nachbarn recht gescheit zu raten,
Doch, wenn man selber — —

Alison
(die sich nicht mehr halten kann, weinend vor ihm niederstürzend).
Sag's! — ich — bitte — dich!

Gautier

(fährt auf und macht in einer stummen Pause den sichtlich gleichen
Kampf durch; endlich macht er eine Miene, nach dem Kamin zu
stürzen, läßt sich aber matt auf seinen Stuhl sinken).

Jeanne

(nach den vorigen Worten Alisons hinter Gautiers Rücken drohend
zu Robert).

O — du — du!

(Entflieht in den Hintergrund.)

Alison (eine Hand Gautiers erfassend).

O Gautier — bester — einziger — — vergib!

Robert (sich schüchtern nähernd).

Hab' ich umsonst gesprochen? — O versucht's!

Letzter Auftritt.

Die Vorigen. Mathieu.

Mathieu.

Gnädiger Herr —

(Macht eine Pause der Verblüffung, verstummt dann ganz, da niemand
auf ihn hört.)

Robert.

Und etwas will ich Euch noch sagen, Herr!
Wie sie aus Trotz und nicht aus Hang gefehlt,
So hat sie auch die Sünde nur gestreift.
Sie ist noch rein, und wär' es auch geblieben,
Selbst wenn Ihr nicht gekommen wär't! — Die Herren
Hatten den Abschied schon! Ihr Traum war aus,

Und wenn Ihr sie betrachten wollt, so seht Ihr,
Daß Eure Frau sie nicht aus Neigung lud!
Fragt nur, ob sie die kleinste Gunst genossen!
Heraus mit euch!

(Robinet und der Junker kriechen mit Ruß bedeckt aus dem Kamin
heraus.)

Robinet und der Junker.
Wir sind unschuldig, beide!

Robert.
Habt je Ihr so Erbärmliches gesehn?
Seht sie mal an, und Eure Zweifel weichen:
Die sind zum Streicheln nicht, nein, nur zum Streichen!
Sie sind die Sünder! färbt sie grün und blau,
Und richtet auf die tiefgebeugte Frau —
Schaut ihr ins Auge — das ist echte Reue!
Ja! nie wird wieder wanken ihre Treue!
Ihr dürft mir glauben!

Alison.
Gautier! ja, du darfst es!

Gautier
(sie anblickend, dann die Augen senkend, knirschend).
Ich weiß nicht, was ich thue!

Mathieu.
Herr, ich wüßt' es!
(Pantomime.)

Gautier (wie oben).
Laß sie! — Die Hunde sind so jämmerlich,
Daß jeder rechte Kerl sich dran beschmutzt!

Mathieu. Das stimmt! O, lieber Herr! — ich will trotzdem kein ehrlicher Kerl mehr heißen, wenn ich sie nicht hinausprügeln darf! — 's ist halt so nett!

Gautier (sich abwendend).

Thu, wie du willst! (Blickt Alison an.)

(Robinet und der Junker laufen davon, hinter ihnen Mathieu.)

Robert.

Und Eurer Frau verzeiht Ihr?

Gautier (nach kleiner Pause).

In Gottes Namen denn! — ich will's versuchen!

Alison (aufschluchzend).

O, Dank dir, heißen Dank, mein bester Mann!
(Umschlingt ihn.)

Robert.

Nun, das gelang! — Heiß war die Arbeit traun:
Und zur Belohnung gönnt mir — den Kapaun!

(Der Vorhang fällt.)

Ende.

Anhang.

In der Berliner Bühnenausgabe, die sich hierin genau an die erste (kürzere) Fassung des Stückes anschließt, lauten die Eingangsscenen wie folgt:

Erster Aufzug.

Erster Auftritt.

Gautier (hält die weinende) **Alison** (im Arme). **Mathieu** (mit einem Mantelsack beschäftigt). **Jeanne.**

Gautier.

Geh, liebes Weib! — Was nimmst du's denn so schwer,
Wenn ich zwei Tage aus dem Hause geh',
Das ist doch keine Ewigkeit!

Alison.

O doch!
Ach, du mein einz'ger Mann, mir wird so weh,
So unaussprechlich bang, — da — hier ums Herz —
[Die Sonne sinkt, der Tag wird mir zur Nacht,
Zur Nacht, die mir kein lichter Stern erhellt;
Und nur der Mond wie ein verweintes Auge
Schaut trüb hernieder durch den Wolkenflor — —

Gautier.

Du machst mir Angst! — Du sprichst ja ganz poetisch,
Fast wie ein Dichter, der dir jeden Schmerz —

Und wenn er kleiner wie ein Flohstich wär'! —
In Goldpapier und schöne Floskeln wickelt.]
Geh, sei doch klug!

Alison.

Wie kann ich klug denn sein,
Wenn ich vor Kummer den Verstand verliere!
Den Tag wollt' ich in mein Geschick mich fügen,
Aber die langen Nächte so allein — —

Gautier (lacht).

Was denn?

Alison.

Ich fürchte mich! —

Gautier.

Das gibt sich schon!
Und nachher, wenn ich wieder komme, und
So auf die Schwelle trete, und „grüß Gott" dir sage,
Und du an meine Brust fliegst, mit 'nem Ding,
Das wie ein Schrei sich anhört, doch wie 'n Kuß schmeckt —
Da wird — das sag' ich dir — das Wiedersehn
Dich dünken wie ein Stündchen Honigmond.

Alison.

Du kannst noch scherzen und ich möchte mir
Die Augen aus dem Kopfe weinen — —

Gautier.

Holla, Schatz! —
Das wäre schad', und ich verbiet' es dir!
Zur Hälfte sind sie mein! Vergiß es nicht!
Doch sei zufrieden jetzt, ich bring' dir auch
Was Hübsches mit, was meinst von edlen Steinen,
Von Brüss'ler Spitzen oder Basler Seide —

Alison.

Ach ja! — das heißt — nein, mir liegt nichts daran!
O Gautier, mein bester, liebster Schmuck
Ist doch — —

Gautier.

Was benn?

Alison.

Bist bu, mein teurer Mann!

Gautier.

Du närrisch Kind! — Dafür muß ich bich küssen,
Bei St. Denis! Wie ist der Mann so reich,
Dem so ein Weib den Mund zum Kusse spitzt!

(Schäfert mit ihr.)

Mathieu (halb zu Jeanne). Wenn er nur seinen
nicht verbrennt!

Jeanne. Was meinst?

Mathieu. Je, sie thut mir halt zu närrisch, unb
— weißt:

Allzu viel
Verbirbt das Spiel.

Jeanne. Ich versteh' bich nicht!

Mathieu. Was, kennst das Spichwort nicht von
ben Weibern?

Falsch sind sie alle, jung unb alt!
Ob sie hitzig thun, ob kalt,
Ob sie schmollen ober schmeicheln,
Ob sie kratzen ober streicheln,
Ob sie lachen ober weinen — —
Wer kann wissen, was sie meinen?

Jeanne. Du bist ein Klotz, weißt du!

Mathieu. Komm her und gib mir auch einen auf den Mund — so einen recht saftigen.

Jeanne. Ja, hat sich was! — Eine Ohrfeige, aber keinen Kuß! — So 'n Mistfink! so 'n ungebildeter! — Geh in den Stall, da ist dein Platz!

Mathieu. Hohoho! — Weiß schon, wo dich der Haber sticht! — — Herr! Nun macht aber ein bissel! es wird Zeit — der Mond ist schon lange auf — —

Gautier.

's ist gut! mach alles fertig! — (Zu Alison.) Gib dich drein!
Weiß Gott, ich geh' nicht gern, und wenig fehlt,
So lass' ich das Hoflager, wo es ist.

Alison (hastig).

Nein, nein, um Gottes willen nein! Niemals
Soll meine kindische Laune Ursach' sein
An deines Königs Zorn — er rief — du gehst — —
Und ich — ich schick' mich drein, so gut ich kann! (Seufzt.)

Gautier.

So ist es recht! — Und nun, mein Schatz, mein Herzblatt —
So lebe wohl, und halt dich brav und gut!
Eins bitt' ich dich vor allem — doch verzeih!
Wenn ich drum bitte, ist es fast ein Unrecht,
Und wer drum bitten muß, kommt schon umsonst —
Und doch muß ich dir's sagen, weil's mich zwingt:
Geh nicht zu viel, und nicht alleine aus!

Jeanne.

Jetzt zieht er wieder das Register auf!

Gautier.

Du weißt, daß ich nicht eifersüchtig bin — —

Jeanne (spöttisch).

So zeigt mir einen, der es wirklich ist,
Wenn Ihr es nicht seid!

Gautier (wild).

Halt dein Maul! — Ich sag':
Du weißt, daß ich nicht eifersüchtig bin! —
Doch sieh — es fährt mir eisig durch das Hirn! —
Schon der Gedanke, daß die glatten Herrchen,
Die Säbelraßler, Gecken aus der Stadt,
Die Schürzenjäger, die auf tausend Schritt
Selbst aus dem Halse nach Pomade stinken,
Und die — du weißt es — schon seit Jahr und Tag
(durch das Fenster weisend)
Da unten ihre Pfauenräder schlagen — —
Wie werden sie nun erst von morgen an,
Sobald sie merken, daß ich ferne bin —
Und merken werden sie's — um dieses Haus
Mit ihren gierigen Hundenasen schnüffeln,
Zu deinem Fenster ihre Lieder klimpern
Und ihre frechen Augen nach dir schmeißen!
Und auf der Straße gar — ich denk's nicht aus!
Das Blut steigt lodernd mir in das Gehirn,
Und gelbes Feuer schlägt mir in die Augen —
Und meinen ganzen Körper packt's und schüttelt's,
Als müßt' ich Gift und Galle spucken — — —

Alison.

Gautier!

Gautier (beruhigend).

Nein, nein! — Du weißt, ich bin nicht eifersüchtig
Warum soll ich auch eifersüchtig sein?

's ist nur mein Temperament — und du bist treu!
Mein treues, goldig Weib — nicht wahr, du bist's?
So gib doch Antwort! — sag, du bist es doch!
O, wenn ich glauben müßte — — (Keucht.)

Alison.

Aber, Gautier,
Du ahnst nicht, wie mich diese Frage schmerzt!

Gautier (wieder ruhig).

Ich glaube dir, ich wollte dich nicht kränken!
Und ruhig scheide ich — nun lebe wohl!

Alison.

Leb wohl! Geleite Gott dich glücklich hin,
Und glücklich wieder mir zurück! leb wohl!

Gautier (sie umarmend, dann zur Thür gehend).

Leb wohl — doch denk an meine Worte — — —

(Hier setzt der sechste Auftritt der jetzigen Fassung ein. [Auftreten
der Erache.])